NEZINHO,
o UFANISTA

Lucas Picchioni

NEZINHO,
o UFANISTA

EDITORAS ASSOCIADAS

CONSELHO EDITORIAL: Alencar Perdigão, Cláudia Masini
EDITORA RESPONSÁVEL: Luciana Tanure
EDITOR: João Camilo de Oliveira Torres
EDITORES ASSISTENTES: Guilherme Coelho, Bruna Fortunata
TECNOLOGIA DA INFORMAÇÃO: Alessandro Guerra
REVISÃO: Guilherme Coelho
CAPA, PROJETO GRÁFICO E DIAGRAMAÇÃO: Conrado Esteves

Nesta edição, respeitou-se o Acordo Ortográfico da Língua Portuguesa de 1990, que entrou em vigor no Brasil em 2009.

Catalogação na publicação
Elaborada por Bibliotecária Janaina Ramos – CRB-8/9166

P587n

Picchioni, Lucas

Nezinho: o ufanista / Lucas Picchioni. – Belo Horizonte: Quixote+DO, 2024.

128 p.; 13,5 X 21 cm

ISBN 978-85-66256-76-5

1. Ficção. 2. Literatura brasileira. I. Picchioni, Lucas. II. Título.

CDD 869.93

Índice para catálogo sistemático
I. Ficção : Literatura brasileira

QUIXOTE+DO EDITORAS ASSOCIADAS
WWW.QUIXOTE-DO.COM.BR
Rua Alagoas, 1.270 | sala 304 | Savassi
30.130-168 | Belo Horizonte | MG
(31) 3141-1256

Aos meus pais, por todo o apoio.

À minha Tia Cristina, por tantas histórias
contadas e memórias preservadas.

À Ana Alice, a maior leitora
que eu já conheci.

Ilustração do *Asno de Ouro*
(autor desconhecido, século XVI).

Sumário

Nezinho é o Brasil na Libertadores!

Quantas vezes você já ouviu esse bordão durante alguma narração esportiva e imediatamente identificou seu criador, Galvão Bueno? O fervor que ele utilizava nas narrações esportivas conquistou admiradores e detratores, em geral, pelo mesmo motivo: a paixão exagerada ao torcer pelo Brasil, que, por vezes, desconhecia limites e gerava reações negativas até mesmo em atletas, desvalorizando aspectos esportivos e atribuindo etiquetas de "perdedores" e "vencedores" ao exigir performances perfeitas constantemente.

O exagero e exacerbação de sentimentos patrióticos, muitas vezes criando uma ideia fantasiosa de superioridade, é o que define o ufanista. No Brasil, o conceito surge a partir de uma obra de Afonso Celso, que, em 1900, publicou *Porque me ufano do meu país*. A obra procura estabelecer uma série de motivos para se acreditar ("ufanar" significa "orgulhar-se", "envaidecer-se") na grandeza do país e enaltecer suas riquezas, tentando criar e elevar a identidade nacional.

Como era típico das tentativas de fabricar essa identidade nacional no período, com uma visão de um país integrado, naturalmente rico, o Brasil de Afonso Celso ignorava muitos de seus problemas sociais e sua diversidade cultural e étnica. Como Galvão Bueno, que espera que torcedores de times diferentes e de regiões distintas se unam apenas em nome da identidade nacional, acaba gerando exclusão e apagamento histórico.

Entretanto, nem todo nacionalismo é ufanismo. Tomemos como exemplo o nacionalismo de Monteiro Lobato, que chegou a entrar em conflito com o Governo Vargas ao defender a produção brasileira de petróleo, ou as tentativas de representar uma identidade nacional do movimento Modernista.

Monteiro Lobato procurou, em suas obras, criticar elementos que considerava negativos para o crescimento do país e valorizar aqueles que pensava serem positivos. Uma de suas estratégias era o uso de fantasia: fábulas e contos de fadas invadiam sua obra, e isso levou à criação do Burro Falante. A visão tradicional do burro (asnos e jumentos) no imaginário popular geralmente o relaciona com a falta de inteligência, teimosia e morosidade. Esses são aspectos tradicionais, que já apareciam nas fábulas de Esopo. Outro aspecto que aparece desde a antiguidade clássica é a lascívia, talvez pelo animal estar relacionado com Dionísio, aquele deus do vinho e que nos legou o Carnaval.

É desta forma que a figura do asno é explorada na obra *O asno de ouro* (ou "As metamorfoses") de Apuleio. Nela, Lúcio é transformado em um asno e passa por toda a sorte de sofrimentos (pois o burro também representa o trabalhador constantemente explorado), até conseguir voltar a ser humano. A obra, uma sátira, é considerada uma das primeiras formas de novela no ocidente, e sua influência também se estende a outros gêneros, como os contos de fadas, já que dentro da narrativa encontra-se a mais popular versão de *Eros e Psiquê*.

A sátira, influenciada pela crítica filosófica, vai se tornar um dos principais elementos do desenvolvimento da novela ocidental. Rabelais, Swift e Cervantes, com Gargântua, Gulliver e Dom Quixote, elevaram as narrativas em prosa, transmitindo o DNA de *O asno de ouro*. Muitos outros autores vão aproveitar-se do humor e da ironia (segundo Machado de Assis, um movimento de canto de boca inventado por algum grego da decadência, contraído por Luciano, transmitido a Swift e Voltaire) para lançar críticas à sociedade.

Porque a comédia, tal como a figura simpática do burrinho e o que ela representa, une o gosto popular ao gosto nem tão elevado assim, disfarçando a verdade, desafiando a autoridade, para sobreviver em tempos de radicais que, ao contrário do que se espera, se agridem. Foi assim que Dias Gomes fez sobreviver o seu Odorico Paraguaçu, nos palcos e na TV, durante o auge da Ditadura. Afinal, se o riso não desnuda os imperadores, pode curar cegueiras.

NEZINHO, o UFANISTA

Nezinho não era um ufanista de verdade. Ou talvez fosse, vai saber... O importante é que ele realmente acreditava ser. Ou pelo menos agia como se fosse.

A vida dele sempre foi atrelada à política. Quando criança, costumava acompanhar seu falecido pai, vereador Aristides Pacífico, nas sessões da Câmara Municipal de Itupirá. Aquele universo o fascinava, provocando-lhe os mais altos sonhos. Queria ser presidente da República e, mesmo sabendo que era quase um feito impossível, já tinha em mente até o seu discurso de posse, resultado de horas de treinamento em frente ao espelho.

Não passou pelo legislativo municipal. Achava perda de tempo. Pouco para ele. Não era humilde e muito menos modesto. O fato é que a inexperiência não foi um empecilho para sua ascensão à prefeitura. Talvez o povo tivesse desaprendido a votar, afinal havia sido a primeira eleição municipal direta desde muito tempo.

Itupirá não era uma cidade grande. E não tinha nada de especial também. Era como qualquer outra cidade do norte de Minas Gerais. Possuía uma igreja, uma praça com um coreto, a prefeitura, a delegacia, as ruas de paralelepípedo e o rio. Esse último, sim, o grande atrativo da frugal cidadezinha.

São Francisco. Velho Chico. Opará. Tinha tantos nomes, tantas histórias, tantos significados! Era quase uma entidade para os moradores de lá. Um rio que nasce no coração de Minas e que traz em suas águas toda identidade de um povo.

Diziam que, em Itupirá, suas águas eram ainda mais brilhantes, o que acabava atraindo muitos turistas para a região. Então, quando Nezinho, ainda um reles construtor, acostumado a lidar apenas com tratores e retroescavadeiras, foi encarregado de erguer a capitania dos portos, sabia que seria um ponto de virada para a cidade. A obra não foi tranquila, cheia de óbices, acabou estourando o tempo e o orçamento. No entanto, finalmente estava pronta. E agora, como prefeito, anelava poder inaugurá-la.

Em casa, quem cuidava de tudo era Dona Brígida, chamada por muitos de Dona Rígida. Rigidez na forma de ver o mundo. Católica devota e praticante, estava mais alinhada com os princípios cristãos do que o próprio Papa Pio XII. Gabava-se por saber os mandamentos de cor e salteado e vivia na igreja, infernizando a vida de Padre Aldo, a quem se referia como "padre comunista". Não era verdade, o clérigo era anarquista, todavia se decidiu tarde demais e já não sabia como ter outro sustento. A necessidade o mantivera vigário.

Filhos? Não tiveram. Tentavam encontrar a resposta na fé, mas, por mais que fossem devotos, ainda era um assunto espinhoso. "Deus escreve certo por linhas tortas", dizia Brígida. Mas ela mesmo pouco acreditava nisso. Procuravam não pensar sobre, embora fosse árduo no começo. Agora, que já passaram dos cinquenta, as coisas parecem um pouco menos doídas.

Nezinho, no fundo, era um homem bom. Tinha enriquecido de forma honrada, sem ter nunca precisado recorrer a artifícios criativos. Essa talvez tenha sido a razão de sua derrocada. Se houvesse, por menor que fosse, uma gota de malícia em seu coração, jamais teria se metido na grande enrascada que culminou com o seu fim.

1

Até a Rita Hayworth!

O gabinete do prefeito Nezinho não era muito grande, mas era confortável. Tinha uma vista privilegiada para o rio, era claro, arejado e bem decorado. Tudo ao gosto de Dona Brígida, que mandou fazer os móveis na capital. Na época, muita gente reclamou dos gastos exorbitantes empregados, porém disso ninguém se lembra mais. "Brasileiro tem memória curta", dizem. Itupirense mais ainda.

Era nesse cenário que o prefeito e seu fiel escudeiro, Heronildes, discutiam os assuntos mais importantes da cidade e do país. Muitas das mais brilhantes ideias saíram de lá.

– Estou lhe dizendo, ela está diferente – disse Heronildes, categoricamente.

– Eu discordo, para mim parece a mesma, sempre linda! A verdade é que nunca houve mulher como Rita, ela é uma deusa, é imbatível – expôs o prefeito, ao mesmo tempo que acariciava seu enorme bigode branco.

– Sim, linda ela está mesmo, prefeito. Mas o fato é que ela está mudada, talvez o nariz, talvez a testa maior. Eu não sei dizer ao certo. O senhor sabe que toda estrela de Hollywood faz plástica?

– Não a Rita Hayworth! – gritou o prefeito sem paciência.

– Até a Rita Hayworth!

O assessor era um homem jovem, nem sequer tinha fios brancos, mas já havia conquistado o respeito do prefeito, sobretudo por sua astúcia. De estatura elevada e braços torneados, assim como seu pai, que na juventude se apresentava no teatro mambembe como "o homem mais forte do mundo", Heronildes era uma figura intimidante, que não costumava fugir de uma boa briga.

A solene discussão foi interrompida quando Rosa, a secretária rechonchuda, entrou na sala sem bater na porta, deixando Nezinho possesso.

– Ora, minha filha, ainda não aprendeu que se deve bater antes de entrar?

– Peço desculpas, senhor prefeito, mas se trata de um assunto de enorme importância – disse a jovem moça, sem graça, segurando um bilhete.

– Acho bom que seja mesmo! – vociferou o prefeito, ao arrancar o papel das mãos dela.

A mulher foi embora, deixando apenas os dois na sala. Nezinho abriu uma das gavetas da sua mesa de trabalho, pegou seu par de óculos, quase tão antigos quanto ele próprio, e começou a ler, ainda com a cara fechada da discussão com Heronildes.

– Algum problema, prefeito? – perguntou o assessor, com o olhar inteiramente voltado para o chefe, tentando decifrar a sua expressão facial.

E, então, a face do prefeito mudou, abrindo um sorriso tímido, mas contundente. Era uma notícia boa com certeza.

– Problema nenhum, meu caro, muito pelo contrário, as boas novas não poderiam ser melhores. O excelentíssimo senhor presidente da República, Eurico Gaspar Dutra, virá a nossa nobre cidade, no próximo sábado, para a inauguração da nova capitania dos portos!

O prefeito mal conseguia conter a agitação. Era como uma criança recebendo um presente de Natal entregue pelas mãos do próprio Papai Noel.

– Que notícia maravilhosa, senhor!

– Quero impressionar o senhor presidente com o civismo dos filhos desta cidade – discursava ele, como se estivesse no palanque. – Cobriremos Itupirá de verde e amarelo, carregaremos bandeiras de nossa adorada nação e cantaremos o hino nacional para receber a maior autoridade desse país!

A visita de Dutra era a realização de um sonho para Nezinho, que desde pequeno ouvira o pai cultuar a pátria e os símbolos nacionais. Seu Aristides tinha verdadeiro fascínio pelas ideias ultranacionalistas, fato que o levou, anos atrás, a se filiar à Ação Integralista Brasileira. A solenidade seria uma oportunidade de homenageá-lo, para que, onde quer que estivesse, finalmente se orgulhasse do filho. Mas não era só isso.

Por trás da fachada de ufanista, escondia-se um homem inseguro, desesperado por atenção e aprovação. Aspirava ser reconhecido como um político hábil, capaz de grandes feitos e digno da admiração do presidente. Era pequeno, todavia tinha uma vaidade do tamanho do mundo.

Coube a Heronildes lhe dar o primeiro banho de água fria.

– Senhor, sei que faremos uma grande festa, mas lamento ter que lembrá-lo da escassez de nossos recursos. Não temos caixa para algo grandioso, a cidade está totalmente quebrada, mal conseguimos pagar o funcionalismo.

– Onde está o Doutor Arsénio Lopes, nosso estimado secretário da fazenda?

– Afastado por razões médicas, ainda sem previsão de retorno.

– É preocupante? – Nezinho indagou surpreso.

– Depende de quão grave você considera uma cirurgia de fimose, de qualquer forma, certamente é dolorosa.

– Pois então, peça! Peça aos mais ilustres membros da nossa sociedade, posto que certamente se unirão em prol do patriotismo. Fale com o Dr. Nonô Merengue! – bradou o prefeito.

– Creio que, por razões políticas, não queira ajudar o senhor!

– Verme entreguista! Se vendeu para a UDN. E o que me diz do Senhor Amim Tocafundo Aquino Rêgo?

– O homem está pobre, dizem que perdeu tudo em um cassino clandestino da capital.

O político começou a transpirar por inteiro, até mesmo pela sua careca, que brilhava encharcada de suor. Ao mesmo tempo, sua respiração se tornava cada vez mais ofegante, como se estivesse sufocado pelo apertado nó da gravata borboleta que usava, e seu coração batia em ritmo acelerado.

– Por que não o Seu Zé Coveiro, dono da funerária Bom Desencarno?

– Depois que se desquitou de Dona Mia Regazza, virou *persona non grata* em nossa sociedade e, por isso, acabou se mudando.

– Mas não é possível! Será que não existe nenhum cidadão de bem, rico o suficiente para nos ajudar? Onde está o patriotismo dos notáveis?

– Senhor, permita-me! Sei de alguém mais abonado que os senhores mencionados – disse o assessor, cuidadosamente, sem alterar em nenhum momento o seu tom de voz.

– Pois então, diga! – implorou o político.

– Dona Patrocínio!

Era como se Heronildes tivesse dito o pior dos palavrões. Nezinho ficou tão espantado que caiu sentado na cadeira.

– A cafetina da cidade? Você só pode estar enlouquecendo! – respondeu o prefeito, em um misto de indignação e incredulidade.

– É a única alternativa que nos resta. Se o senhor souber negociar, arrancará uma boa quantia da velha! – disse friamente. – Precisamos de uma solução rápida, já que o tempo corre contra nós.

– Não posso me sujeitar a isso. Essa mulher não tem moral e vive no pecado. O que pensariam o senhor presidente e a sua falecida senhora, pessoas de reputação ilibada, se soubessem que aceitei dinheiro de uma alcoviteira?

– Senhor, como Dona Patrocínio costuma dizer, embora eu não frequente aquele pardieiro: "O que acontece por lá, fica por lá..."

– Não, isso está fora de cogitação! Além do mais, ainda tenho uma carta na manga.

– Qual seria?

– Pedirei um empréstimo ao banco, em meu nome, para agilizar o processo e evitar os entraves burocráticos. Depois, em um momento mais oportuno, quando este município dispuser novamente de recursos, farei o ressarcimento de minhas finanças.

– Senhor, seu plano me parece muito mais arriscado e perigoso...

– Não importa o que você acha. Está mais que decidido! Na segunda iremos cuidar de tudo. Só não saímos agora mesmo porque é sábado.

Em alguns sábados, tinham o hábito de passar a tarde na prefeitura, fingindo estar tratando dos interesses do povo. Embora poucos acreditassem nesse teatro, os dois sabiam que a política era feita de simbolismos.

– E, antes que eu me esqueça, está proibido de tocar no nome dessa marafona outra vez – continuou Nezinho.

2

Quem fala o que quer...

A sede do banco do qual o prefeito era cliente ficava em Montes Claros, maior cidade da região norte do estado. Nezinho e Heronildes chegaram por lá nas primeiras horas da segunda-feira, quando o sol ainda estava tímido, e a temperatura, amena.

A instituição financeira ocupava um lindo prédio, de arquitetura *art déco*, localizado no centro do município. Como não haviam agendado a visita, tiveram de aguardar por horas, sentados no imponente *hall* de entrada.

– Não tenho dúvidas de que o empréstimo será autorizado pelo meu gerente. Eu e Pátroclo estudamos juntos no Caraça, somos amigos de longa data – disse Nezinho.

O prefeito estava mesmo seguro de que conseguiria o financiamento, pois Pátroclo jamais o deixaria na mão, principalmente depois que o político usou de sua influência para impedir que o amigo fosse preso, por se unir aos paulistas, na fracassada tentativa de revolução em 1932. Na época, não exigiu nada em troca, embora soubesse que, em algum momento, pediria uma retribuição.

Muitos minutos depois, um homem veio em direção aos dois. Andava a passos lentos, porque parecia ter cem anos, o que certamente o tornava o funcionário mais velho daquele lugar.

– O senhor poderia me acompanhar, por favor – pediu o centenário ao político.

Sozinho, o prefeito foi em direção à sala da diretoria, ambiente tantas vezes frequentado por ele. Contudo, foi surpreendido ao encontrar uma pessoa diferente da qual esperava ocupando a mesa de trabalho do gerente.

– Prefeito Nezinho, é uma honra recebê-lo! Me chamo Emma Richard, sou a nova diretora do banco. Em que posso ajudá-lo?

Emma era uma jovem e esbelta mulher, de cabelos escuros, compridos e ondulados, como os de Rita Hayworth. Mas havia um detalhe, além da formosura da moça, que chamava a atenção de Nezinho: ela vestia calças.

– Prazer, senhora! – respondeu o prefeito.

– Senhorita, por favor – retrucou Emma.

– Senhorita, o que aconteceu com Pátroclo? Não fui informado de seu desligamento...

– Patifaria, como sempre. O sujeito foi pego no pulo. Para nossa sorte, não tinha competência nem para surrupiar dinheiro de viúvas dementes.

– Não posso dizer que estou estarrecido, aquele energúmeno sofre de desvios éticos desde os tempos do colégio. Agora que está tudo esclarecido, será que eu poderia falar com o substituto?

– O senhor não ouviu o que eu disse? Sou a nova diretora do banco.

– A senhorita? – perguntou perplexo.

– Sim, por que o espanto?

– É que eu nunca vi uma... uma...

– Uma mulher em um cargo de chefia?

– É! Entende? Não me parece o trabalho adequado para uma moça.

– O que seria adequado, senhor prefeito? Que ficássemos restritas às prendas domésticas?

– Não me leve a mal, mas homens são maliciosos, ainda mais num mercado como esse. Vocês, mulheres, são ingênuas demais e acabam virando presas fáceis.

– O machismo que o senhor destila me enoja. Para sua informação, sou formada pela Faculdade de Direito da

Universidade Federal de Minas Gerais e trabalhei por quase dez anos no Banco da Lavoura, de Belo Horizonte. Portanto, não sou uma mera principiante, tenho uma trajetória consolidada e, por isso, fui contratada por esta instituição.

– Não tinha a intenção de ofendê-la, parece que a senhorita não compreendeu bem o que eu quis dizer.

– Engano seu, eu compreendi tudo. O fato é que, se eu fosse homem, não precisaria lhe dar explicação alguma. Já notei que o senhor não se sente confortável em me ter como gerente, assim sendo, sugiro que procure outro banco.

– Senhorita, ignore tudo que eu falei. Vamos começar de novo, do zero, pode ser? – suplicou.

– Já estou atrasada para uma reunião, marque um horário na próxima vez em que vier. Por hoje, encerramos aqui. Passar bem!

Nezinho falou o que queria e ouviu o que não queria. Nunca havia sido dispensado dessa forma, ainda mais por uma dama. A humilhação foi tanta que o deixou desnorteado, sem saber o que fazer ou dizer. Precisou, até mesmo, de um tempo para conseguir se recompor e, finalmente, se mover.

Ao sair do gabinete, encontrou o assessor cochilando e deu-lhe um tapão na nuca.

– Acorde logo, seu preguiçoso – bradou Nezinho.

– Senhor prefeito, como foi a reunião? – questionou, ainda se recuperando do susto da agressão.

– Um fiasco, meu caro Heronildes!

– Bem, nem tudo está perdido, ao menos temos uma outra saída...

– Nunca! Jamais pediria obséquio ao baixo meretrício itupirense. Tenho minha honra e moral imaculadas! Eu exijo que encontre outra solução.

3

Vendido para satã

Nezinho perdeu a virgindade na zona. Foi em uma visita a Montes Claros, quando ele tinha 15 anos. Jamais se esqueceu dos olhos verdes daquela que o despertou para a vida adulta. Era uma mulher comum, como qualquer outra, em um emprego comum, como qualquer outro. Era assim que ele costumava pensar quando jovem e era assim que, agora, ele queria voltar a pensar. Mas não conseguia. Não era mais aquele garoto e não tinha mais aquela inocência.

Por isso, quando aceitou negociar com a cafetina, acreditando estar fazendo o melhor para a cidade, trouxe consigo um enorme remorso. A culpa cristã, tão presente na vida dos católicos apostólicos romanos, consumia a alma do prefeito, que ardia nas chamas do fogo infernal. Era como se estivesse prestes a cometer um atentado contra o santo matrimônio, um flerte com o pecado da luxúria, um insulto à família itupirense ou, até mesmo, um crime hediondo. Porém, não tinha escolha, pelo menos era como gostava de pensar.

Para entrar no bordel sem ser reconhecido, fantasiou-se de palhaço. Era a mesma fantasia que usou no carnaval de 1944, quando ainda não era uma figura pública, composta por um nariz vermelho, peruca colorida, luvas brancas e um enorme macacão azul marinho e amarelo. Dona Brígida tinha verdadeiro pavor da figura do *clown*, motivo pelo qual vivia tentando dar um fim a esses trajes, entretanto Nezinho nunca permitiu. Afinal, foi uma herança de Seu Aristides, um entusiasta da comédia circense.

O lupanar funcionava num sobrado bem simples, às margens do rio. A pracinha, que ficava em frente, estava sempre às moscas. Era um território proibido, uma parte que a cidade tentava esconder, visto por muitos como uma zona endêmica. Quando a noite caía, a praça ficava em trevas. Não dispunha de iluminação pública. Mas ninguém reclamava. O que os olhos não veem, o coração não sente.

Nezinho decidiu ir sozinho. Acreditava ser menos arriscado. Quando passou pela pracinha, avistou Bené. Contudo, isso não parecia ser um problema, afinal era só um garoto de onze anos, um pobre coitado sem pai nem mãe, tão concentrado nas bolas de gude que jogava que nem parecia notar a presença do prefeito palhaço. O pequeno não ligava de brincar ali, tinha algo em comum com aquele lugar: era tão invisível quanto.

O político entrou no salão enquanto algumas meninas ensaiavam, no pequeno palco, um número inspirado no teatro de revista e suas vedetes. Ele nunca tinha frequentado aquele recinto, pois, desde que se casou com Dona Brígida, deixou de lado os prazeres mundanos.

A modéstia do lugar lhe chamou atenção, era tudo muito simples e em nada lembrava o glamour do meretrício montes-clarense, o único que havia conhecido. As paredes, pintadas de vermelho sangue, estavam repletas de infiltrações. As cortinas do palco, roxas como um hematoma, pareciam-se mais com andrajos. As mesas, espalhadas pelo salão, apresentavam inúmeras rachaduras. A falta de concorrência deixava a cafetina em uma posição bastante confortável. Além disso, sua fama de pão-duro não parecia ser mera especulação.

Nezinho tentava entrar discretamente, mas acabou tropeçando em uma cadeira. O barulho foi tão grande que as dançarinas, assustadas e sem reconhecer a figura do prefeito, gritaram, imaginando estar diante de um palhaço maníaco-homicida. Patrocínio foi a primeira a chegar, carregando uma vassoura de piaçava nas mãos, pronta para atacar o suposto assediador.

– Ei, você, o que quer? – impôs-se a cafetina. – Ainda não abrimos!

Nezinho, imediatamente, tirou a peruca e o nariz vermelho e levantou as mãos para o alto, como se estivesse se rendendo.

– Senhor prefeito? – disse ela, após se aproximar dele cuidadosamente.

* * *

Nezinho não conseguia olhar para outra coisa, só enxergava a enorme pinta que a cafetina ostentava perto da boca. E como ela era feia e malcuidada, tinha tantas rugas no rosto quanto uma anciã! Eles já haviam se cruzado antes, mas nunca tinham ficado tão perto um do outro. O choque foi tanto que o prefeito pouco reparou na bagunça do gabinete de Patrocínio. O cômodo era absurdamente apertado e, mesmo estando apenas os dois, sufocante.

– O senhor só pode estar fora do juízo! Eu jamais o apoiaria, logo o senhor, que sempre me perseguiu e fez uma verdadeira cruzada contra minhas meninas, junto de sua mulher, Dona Rígida – disse a alcoviteira, cheia de si.

A mulher falava com um forte sotaque baiano, não se sabia ao certo de onde ela vinha, embora já estivesse há muito tempo em Itupirá. Sua história de vida era cercada de mistérios e suscitava copiosos fuxicos entre os moradores da cidade, que desconheciam até mesmo o seu verdadeiro nome.

– Madame, eu a entendo. E, se alguma vez a ofendi, peço-lhe sinceras desculpas. Mas acontece que a situação é muito séria! Trata-se de um momento magnânimo e histórico para nossa cidade – contra-argumentou o prefeito.

– Eu não tenho nada a ver com isso.

– Aí é que se engana, a madame pode ganhar e muito se me ajudar.

– Seja mais claro, senhor prefeito!

– Vou direto ao ponto: o que posso fazer pela senhora e por suas graciosas meninas?

– Agora sim, a conversa está tomando um rumo interessante. Mas não sei se acredito no senhor. Tua palavra pouco vale.

– Eu insisto, madame, em toda minha vida nunca faltei com a verdade. Preciso de você mais do que nunca!

– O senhor não é digno de minha confiança.

– Por favor... – rogou. – Pelo menos me deixe explicar, prometo que não tomará muito o seu tempo.

Ele se portava como um pedinte. Tentava esconder o desespero, mostrar convicção, sabendo que era vital numa negociação, mas seu estado era lastimável. Presumivelmente foi o que fez a proxeneta, enfim, querer escutá-lo.

– Está bem. Eu te darei um crédito! – disse, ainda relutante. – Tenho algumas, ou melhor, várias demandas.

– Fique à vontade para dizê-las – respondeu aliviado. – Sou todo ouvidos.

– Primeiro, não quero mais que o senhor e sua senhora ofendam a mim e as minhas meninas. Queremos circular livremente pela cidade, sem sermos ultrajadas ou reprimidas.

– Da minha parte e da prefeitura, pode ficar tranquila. Mas, infelizmente, não consigo controlar as outras pessoas...

– Quero que nosso bloco volte a desfilar no carnaval itupirense – continuou. – O senhor sabe muito bem que o Bloco das Camélias é um dos mais tradicionais da cidade. Essa proibição não tem sentido, foi feita somente para agradar seu eleitorado carola.

– Está certo! Posso rever isso. Mas não sei se as senhoras da nossa sociedade permitiriam o retorno.

– Certamente o senhor saberá lidar com essas pessoas, afinal, se elegeu ludibriando-as, não é mesmo?

– As coisas não são tão simples assim, mas lhe asseguro que farei o possível e o impossível para convencê-las. Estamos terminados?

– Não. Ainda não! – disse Patrocínio, com um sorriso sacana. – A prefeitura tem algo que me interessa...

– Do que a senhora está falando?

– Estou me referindo ao velho hospital. Ou, melhor dizendo, ao prédio que era ocupado pelo hospital.

– Pois o que tem ele?

– Eu o quero, como uma troca, pela ajuda que estou prestes a lhe fornecer.

– A senhora está delirando, estou lhe pedindo apenas uma doação. Não posso fazer isso, seria um escândalo!

– Assim sendo, não terá nenhum vintém! – Levantou-se indignada pela recusa do prefeito. – O prédio está abandonado, pouca gente se lembra da existência dele, fora o fato de ficar afastado da cidade.

– Como eu explicaria a transferência de um prédio público para a madame?

– É só forjarmos um contrato de venda, tu sabe melhor do que eu como fazer isso. Diga que foi enganado, caso alguém ache ruim. Não preciso ensinar ao vigário como se reza uma missa.

Nezinho começou a suar pelo bigode. Realmente não sabia o que fazer. Sentia-se nas mãos daquela mulher. Ardilosa. Uma verdadeira bruxa. Rampeira, imoral e impudica, ele pensava. Mas não tinha outra solução, precisava, e rápido, do dinheiro. Estava fadado a se vender para Satã.

– Transformar o velho hospital em uma casa de tolerância seria o meu fim – murmurou. – Meu eleitorado confia em mim, não posso traí-lo dessa forma.

Ele só conseguia pensar em como seria a recepção do presidente sem nenhuma pompa e circunstância. Qual mensagem passaria aos outros políticos da região? Como ficariam seus planos futuros, a velha vontade de ser governador do estado? O que acharia o seu falecido pai? Tinha aprendido desde pequeno que uma vida sem riscos era uma vida medíocre. Todo grande homem, em algum momento, teve de arriscar. Esse era o momento dele.

– Fazemos assim: a madame me dá um prazo para quitar tudo, caso eu não consiga levantar os fundos a tempo, tem a minha palavra de que ficará com o hospital.

– Está tentando me iludir, eu não vou deixar que o senhor se aproveite de minha generosidade.

Nezinho, em total estado de aflição, respirou fundo.

– Eu estou em suas mãos. Tenha piedade deste pobre servidor público que vos fala.

– O senhor é mesmo muito obstinado, um tanto quanto insistente, é verdade, mas conseguiu me convencer. Eu vou lhe conceder este financiamento. Mas tem até o fim do mês para me pagar tudo, com juros e correção, senão já sabe...

– É muito apertado. E ainda está inclinada a me cobrar juros?

– Sim, indubitavelmente! Não sou uma instituição de caridade. É pegar ou largar, preciso de uma resposta agora.

Ele sorriu, estava em parte aliviado, mas não conseguia esconder a aflição em relação à dívida ali assumida.

– Temos um acordo, então? – Nezinho ergueu a mão para um cumprimento. – Eu afirmo solenemente que terá suas reivindicações atendidas.

– Assim espero – disse ela, ainda sem retribuir o aperto. – Conheço gente graúda, que manda e desmanda neste país e ainda me deve favores. Nem pense em não cumprir sua parte, caso contrário, vai se arrepender amargamente de ter nascido.

– Eu lhe asseguro que não se decepcionará. Negócio fechado?

– Negócio fechado. – E finalmente selaram o acordo.

Nezinho deixou o sobrado com uma enorme maleta de dinheiro. Ainda não tinha ideia de como faria para solver o empréstimo, mas daria um jeito. Ele sempre deu, e não seria agora que haveria de falhar. Mas de uma coisa tinha certeza: jamais entregaria o prédio para aquela mulher. Não enquanto vivesse.

4

Os fins justificam os meios

Nezinho mal tocou na comida. A dor de cabeça era tamanha que lhe tirou o apetite. Ou seria o peso na consciência? Isso agora pouco importava. *Alea jacta est*, a sorte está lançada, matutava ele. A esposa logo percebeu que algo não estava bem. Ela havia preparado, naquela noite, o prato preferido do marido: rabada.

– Não vai mesmo me contar o que está acontecendo? – indagou a esposa.

– Nada! Está tudo bem, sinto apenas uma leve dor de cabeça – disfarçou o prefeito.

Dona Brígida estava sentada ao lado dele, na mesa de jantar, com seus fios grisalhos milimetricamente presos em um coque. Não era uma mulher vaidosa, tinha medo de cometer um pecado capital. Preferia gastar tempo e dinheiro bordando ou cozinhando para o marido. Era como Amélia, da canção de Mario Lago e Ataulfo Alves, que ironicamente detestava.

A casa do prefeito tivera dias melhores, todavia se mantinha confortável. Era espaçosa e ampla. Os tempos eram austeros, principalmente depois que ele passou a se dedicar inteiramente à política. Chegou a erguer um bom patrimônio quando era construtor, no entanto teve de empregar boa parte dele na sua campanha. Mas não ligava. Foi um bom investimento.

– Nezinho, eu te conheço muito bem. Para você recusar minha rabada, é porque algo de muito grave ocorreu. Em trinta anos de casados, esta é a primeira vez que isso acontece.

Ele não disse nada, permaneceu reflexivo. Não sabia o que falar, nunca escondeu nada da mulher, porém nesse caso era diferente. Era vexaminoso, ou pior, escandaloso. Mas ele queria desabafar, mais do que isso, precisava.

– Quem foi mesmo que disse que os fins justificam os meios? – Nezinho indagou, quebrando o silêncio da sala.

– Cristo, mas não me recordo exatamente em que versículo.

– Bom, se foi Jesus, é porque é verdade. Porque é o certo. Você não acha? – Animou-se, sem duvidar nem procurar se certificar se era mesmo um dito bíblico.

– Com certeza! A escritura não mente. Nosso Senhor é infalível. Mas qual é a razão dessa pergunta? – Estranhou.

– Tive que tomar uma decisão difícil hoje...

– E não vai me contar qual foi?

– Prefiro não dizer. Não seria justo com você.

– Você está me assustando!

– Não há nada para se preocupar. – Sorriu. – Vejo que não estou infringindo nenhum princípio cristão.

O cristianismo era o que importava. A conversa com Brígida aquietou o coração de Nezinho. Tirou-lhe um grande peso das costas. Estava ainda mais certo de que não era o momento de revelar nada à esposa.

Após o jantar, ajoelhou-se no genuflexório, que ficava na sala de estar, e pediu perdão à Virgem Maria. Fez-lhe, também, uma promessa: construiria uma nova igreja na cidade, em sua homenagem, caso o plano desse certo. Padre Aldo dizia que não se podia barganhar com o sagrado, mas o prefeito não saberia agir de outra forma. Apesar de ser um péssimo negociador, foi assim que aprendeu a lidar com a vida desde criança.

5

Traga a *Veuve Clicquot*!

Nezinho chegou à prefeitura com a cabeça mais leve. Levou um susto quando entrou em sua sala e deu de cara com Heronildes, ávido por notícias. Tinha voltado tarde do bordel e acabou se desencontrando de seu assessor. Poderia ter feito uma ligação, mas ninguém em Itupirá, além dele e do senhor Tocafundo Aquino Rêgo, dispunha de um aparelho telefônico em casa.

– E então, prefeito, conte-me tudo e não me esconda nada – disse Heronildes.

Bem peculiar foi a maneira que Nezinho escolheu para contar o episódio. Antepôs omitir partes importantes da negociação, como aquela referente ao prédio do antigo hospital, abrandou os supostos termos do acordo e até chacoteou da inteligência da cafetina. Heronildes conhecia o prefeito muito bem e sabia que ele adorava contar vantagem, mas parecia acreditar piamente em tudo que ouvia.

– Senhor, eu proponho um brinde!

– Ótima ideia, meu caro Heronildes. A ocasião merece. Mas, antes, preciso que me faça um favor.

O político pegou a maleta de dinheiro, que estava escondida no fundo de um armário, e entregou ao subalterno, que preferiu não dizer nada. Embora sem pólvora e sem pavio, seu conteúdo era explosivo.

– Cuide disso! Quanto menos contato eu tiver com essa dinheirama, melhor – continuou. – Agora sim, vamos ao brinde!

O prefeito não era um apreciador de álcool, na verdade detestava, todavia não deixava transparecer. O homem que não bebia era considerado frouxo, e essa, definitivamente, não era a imagem que gostaria de ter perante a sociedade.

– Senhorita Rosa, a champanhe! – gritou o assessor para a secretária, que estava na sala ao lado.

A mulher entrou timidamente com uma garrafa numa mão e duas taças na outra. Dessa vez não se esqueceu de bater na porta. Rosalinda trabalhava com Nezinho desde que ele fora eleito, contudo ainda não tinha se acostumado com os lampejos de raiva do político. Era muito jovem e, por isso, muito insegura, mas era dedicada. E isso bastava.

– Espumante nacional, senhorita? – O prefeito se decepcionou. – Me traga a *veuve clicquot.*

– E quem seria ela, senhor prefeito? – perguntou embaraçada.

– Champanhe francês, minha filha, do bom e do melhor. Trouxe uma garrafa para cá quando voltei da capital e só estava esperando o momento certo para abrir.

E abriu. O barulho do estouro o excitava. Sentia-se envaidecido pela conquista.

– Ao brilhante acordo que o senhor costurou! – disse o puxa-saco, erguendo sua taça para o brinde.

– E ao sucesso da nossa recepção – completou o prefeito. – Brindemos, então!

O tilintar das taças foi abafado por um estranho som que vinha de fora. No começo, tentaram ignorar, pressupondo se tratar de algo sem relevância. Não era inabitual, Itupirá era uma cidade barulhenta, principalmente em seu mercado, que era bem próximo dali, onde os vendedores disputavam clientes aos gritos. Era uma terça-feira, dia que chegavam os carregamentos vindos da capital, portanto, o mais barulhento.

– Sabe, você tinha razão. Foi como tirar doce de criança – prosseguiu.

O barulho foi ficando mais alto e constante. Parecia estar se aproximando paulatinamente, deixando claro que não se tratava de algo banal. Eram vozes, gritos, palmas... Foi então que Heronildes decidiu ir até a janela verificar o que estava acontecendo.

– Senhor... – disse ao chefe, visivelmente estarrecido, ao olhar a rua pela fresta da cortina.

– O que foi, homem? Desembucha logo, pelo amor de Deus!

– Acho melhor o senhor ver com os próprios olhos!

Nezinho se levantou abruptamente e foi correndo para a janela. Foi ficando branco com o que via, a ponto de perder o equilíbrio e precisar ser segurado por Heronildes.

6

O escárnio da opinião pública

Nezinho sempre temeu o escárnio da opinião pública. Quando decidiu se candidatar a prefeito, ouviu da boca do próprio pai que seria um desastre. Tinham uma relação complicada e intensa. Um não vivia sem o outro, por isso a desaprovação paterna o melindrava tanto. Aristides Pacífico era um homem extremamente exigente, metódico e inábil no trato com crianças, o que o levou, desde sempre, a aplicar ao filho o mesmo rigor destinado a um adulto. Seu comportamento frio e seco transformou o prefeito em uma alma carente, em constante busca por ternura e atenção.

Assim sendo, no momento em que Nezinho saiu do prédio da prefeitura, acompanhado de Heronildes, e se deparou com uma horda de mulheres, só lhe vinham à mente as duras palavras de Seu Aristides.

– Fora, prefeito fanfarrão! – gritavam em coro, repetidamente.

Eram quase vinte. De todas as idades, classes sociais e etnias. Muitas delas carregavam cartazes com palavras de ordem contra ele. "Imoral", "corrupto" e "vendido" eram alguns dos adjetivos mais usados.

A massa era capitaneada por Dona Alzira Batalha, ilustre senhora da sociedade itupirense, esposa do vereador Armando Batalha, principal inimigo político do prefeito. Balzaquiana, de cabelos dourados e silhueta fina, não despertava grande simpatia entre seus conterrâneos, visto que se achava a guardiã da verdade.

– Silêncio! – disse Alzira para a multidão, enquanto ia ao encontro do prefeito. – Preciso que ele me escute com clareza.

O pedido foi prontamente atendido. Ela controlava o agrupamento como um maestro regendo uma orquestra.

– Dona Alzira, a que devo a honra da sua visita? – disse ele, na porta da prefeitura, tentando manter a calma.

– Nós já sabemos de tudo, senhor prefeito.

– De tudo? De tudo o quê? – disfarçou.

– Ora, do seu acordo nefasto com a cafetina. Saiba que não permitiremos que prossiga com essa insanidade.

– Me desculpem, mas eu realmente não sei do que se trata.

– Não se faça de desentendido. Poupe o seu tempo e o nosso!

– Seja o que for, certamente é invenção do seu marido para atingir o prefeito – intrometeu-se Heronildes.

Ela parecia ignorar a presença do assessor. Só o prefeito lhe interessava. Só a ele se dirigia.

– Francamente, aceitar dinheiro sujo de uma desclassificada é de uma baixeza execrável. O senhor está compactuando com a devassidão e com a promiscuidade em nossa cidade ao agir meramente por luxúria. Sua obrigação moral é expatriar essa alcoviteira e restaurar a decência – insistiu ela.

Nezinho não sabia mentir. Pior, não conseguia. Era tão transparente quanto as águas do São Francisco que brotavam na serra da Canastra. Quanto mais acuado ficava, mais costumava se enrolar. Decidiu, então, revelar apenas partes da história, até porque não sabia se Dona Alzira dispunha dos detalhes.

– Não, minha senhora! Minha obrigação, como gestor, é fazer o melhor para Itupirá, mesmo que isso represente contrariar meus eleitores. Não cabe a mim recusar uma doação, seja ela de quem for. Cristo nos ensinou a não julgar o próximo, no entanto, a senhora parece ignorar essa importante lição – argumentou.

– Blasfêmia! Como ousa usar essa sua boca fétida para profanar o nome do Senhor? – esbravejou. – Exijo que devolva o dinheiro para a sacrílega, senão...

– Senão o quê? – desafiou.

– Iremos em direção ao randevu e expulsaremos esse bando de rameiras de nossa cidade – disse em alto e bom som, para que todo mundo escutasse.

– Está tudo sob controle, e não há nada para se preocuparem – bradou. – Têm a minha palavra de que o decoro de Itupirá será preservado.

– Como pode garantir isso? Não faz nem 24 horas que estava sentado com aquela mulher, barganhando o prédio do antigo hospital. O senhor já escolheu um lado e, definitivamente, não é o da moralidade.

Ela tinha conhecimento de tudo. Mas Nezinho não queria entregar os pontos tão facilmente. Percebeu logo que a única maneira de estancar a sangria seria descredibilizando Alzira. Sonhava com a reeleição e sabia que partir para o confronto poderia ser uma aposta arriscada, entretanto acreditava plenamente estar fazendo o melhor para seu povo. Seu único receio era de que a história chegasse aos ouvidos do presidente.

– A senhora está reescrevendo os fatos, Dona Alzira! Ou está ficando mentecapta ou agindo por má-fé. Pouco importa. A verdade é que você e seu marido não se conformaram com a derrota nas últimas eleições, e o povo desta cidade sabe que não existem limites na família Batalha quando o assunto é falta de escrúpulos.

– Eu tenho as minhas fontes, senhor prefeito. Sei exatamente o que foi dito nesse encontro libidinoso.

– Adoraria saber quem é que está pondo caraminholas nessa sua cabecinha.

— A família itupirense está do meu lado, não há mais nada que o senhor possa fazer para impedir que a verdade prevaleça — ironizou.

A turba ficou em polvorosa, demostrando apoio incondicional à mulher.

— Seu sacripanta! – gritou uma senhora do fundo.

Foi Adélia Itacolomy, a esposa do Doutor Otto, o principal médico da região. A presença da mulher, baixinha e nariguda, constrangia o prefeito, uma vez que seu marido era um amigo próximo.

— Canalha! – berrou uma criança, que mal sabia o que estava fazendo.

— Fora, prefeito fanfarrão! – voltaram a cantar em conjunto.

— Quietas! – ordenou Alzira.

E o silêncio voltou a imperar.

— Estou lhe dando a última oportunidade de fazer a coisa certa – disse ela para o prefeito. – Confesse seus crimes!

— Sabem de uma coisa? — o prefeito disse para a multidão. — Querem acreditar no que essa maluca diz? Pois acreditem. O fato é que, no próximo sábado, essa cidade receberá com honras o presidente Dutra. Será uma cerimônia memorável, que fará inveja a todas as outras do Vale do São Francisco. Ainda vão me agradecer por isso, pedir perdão de joelhos, mas tudo bem, eu não ligo. A justiça tarda, mas não falha.

A fala contundente do prefeito provocou longas vaias e assustou seu assessor. Ele estava acostumado com as bravatas do político, entretanto nunca o tinha visto ser tão enfático. E direto.

– O senhor é uma vergonha! – Batalha disse para Nezinho, antes de se virar para a manifestação. – Vamos, meninas, ainda temos muito que fazer...

A multidão, mais barulhenta do que nunca, deu meia-volta e marchou em direção ao bordel, e já aí Alzira estampava no rosto um enorme sorriso de vitória. A briga entre os Batalhas e os Pacíficos, que já atravessava gerações, parecia estar longe de um fim.

– Senhor, o que faremos agora? – perguntou um espavorido Heronildes.

– Só nos resta rezar para que Dona Patrocínio dobre esse bando de mulheres furiosas – respondeu, sem a menor confiança no que dizia.

E dobrou. Foi o que contaram para ele. Não sabia muito bem o que a cafetina havia feito, mas ouviu dizer que a multidão se dissipou com o rabo entre as pernas.

7

Quem nunca errou que atire a primeira pedra

– Você me perdoa mesmo? – perguntou Nezinho, logo após finalmente contar toda verdade para a mulher.

– Já disse que não há o que ser perdoado. Nezinho, te conheço como a palma da minha mão e em nenhum momento duvidei das suas boas intenções. Você é um homem generoso. E a política muitas vezes segue caminhos tortuosos, difíceis de serem compreendidos – respondeu Brígida.

– Obrigado. O seu apoio é muito significativo para mim – disse, emocionado.

– Eu sempre estarei ao seu lado, haja o que houver, na alegria e na tristeza, na saúde e na doença, na riqueza e na pobreza, em todos os dias de minha vida. O que Deus uniu, o homem não separa.

– Eu sei que eu errei.

– E quem é que nunca errou?

Haviam se passado dois dias desde que a verdade tinha vindo à tona. Itupirá experimentava uma estranha calmaria, um silêncio intimidante que tirava o sono do prefeito Nezinho. Mas não havia tempo para paranoia, uma bela recepção precisava ser montada em tempo recorde.

Foi por isso que o prefeito convocou sua esposa a ir ao seu gabinete. Dona Brígida sabia organizar uma festa como ninguém, era uma verdadeira enciclopédia em se tratando de regras de etiqueta, uma herança do tempo em que estudou no Educandário Feminino de Nossa Senhora das Dores, em Diamantina.

Os dois estavam trabalhando juntos, lado a lado. Eram unidos pela vontade de fazer dar certo e, é claro, pela ojeriza a Alzira Batalha.

– Pedi a costureira que fizesse algumas modificações no vestido que usei em sua posse. Acho que ficará perfeito para a recepção – ela disse.

– Será a mais bela e elegante de todas!

– Encomendei algumas garrafas de espumante francês, não seria de bom-tom servir bebida ruim para o presidente.

– Não se esqueça das taças, as que temos na prefeitura estão em péssimo estado.

– Fique tranquilo, já pedi a Heronildes que fosse a Curvelo buscar novas.

– Bem que notei a falta de meu nobre assessor. – Ele sorriu. – Como você pensa em tudo, meu amor!

– Nós pensamos. Afinal de contas, formamos um belo time, não é mesmo?

Ele riu. Estava hipnotizado pela sagacidade de sua esposa.

– Como eu estava com saudades! – disse ele.

– Do quê? – perguntou ela sem entender.

– De ter você ao meu lado!

E se beijaram. Beijo francês. Sentiam-se marido e mulher. Dois amantes. Dois namorados. Dois cúmplices.

– Você acha que as pessoas irão? Tenho tanto medo de fracassar... – perguntou o político.

– Não tenho a menor dúvida. Somos um povo ordeiro e patriota. Tenho certeza de que, no final, prevalecerá o nosso civismo – disse, tentando tranquilizá-lo.

No fundo, ela também tinha dúvidas a respeito do sucesso do evento, contudo fazia o possível para escondê-las. Conhecia bem as inseguranças do marido e sabia da importância de mantê-lo calmo e sereno.

O momento idílico foi interrompido pela chegada de Heronildes, que entrou na sala sem bater, segurando uma enorme caixa nas mãos, contendo as taças novas.

– Mas não é possível, ninguém mais bate na porta! Onde está o respeito pela autoridade máxima desta cidade? – esbravejou Nezinho.

– Perdão, senhor! – disse, sem graça, o assessor. – Ocorre que fiquei sabendo de fatos deveras preocupantes.

– Fale, homem. O que foi? – perguntou preocupado.

– O vereador Armando Batalha está encabeçando uma moção de repúdio à Dona Patrocínio.

– Bom, isso não é problema meu. Ela que se vire!

– Acontece que ele não pretende parar por aí. Ao que tudo indica, também está articulando a abertura de uma comissão de inquérito para investigar sua relação com a cafetina.

– Miserável! – vociferou. – Eunuco pérfido! Sabia que estava preparando uma arapuca para mim. Estava tudo tão pacato, tão estranho...

– Calma, Nezinho. Sempre há um jeito. Apenas pense com calma – disse sua mulher.

– Traga-me o vereador Rolla. Preciso dele aqui. Imediatamente! – ordenou para Heronildes.

O assessor colocou a caixa no chão e saiu correndo.

8

Conversa republicana

Percival Rolla era o vereador mais velho e mais antigo de Itupirá e, por isso, também o mais respeitado. Não era exatamente um exemplo de ética e honestidade, todavia seu espírito conciliador era visto por muitos como imprescindível para o pleno funcionamento da câmara municipal. Dizia-se um democrata, contudo não titubeou ao apoiar o golpe de 1937. Foi de ferrenho defensor da República Velha a getulista convicto. Esforço que lhe valeu a nomeação para prefeito da cidade, durantes os anos do Estado Novo.

Nezinho tinha verdadeira aversão pelo vereador, dado que seu pai tivera os direitos políticos cassados por uma manobra de Rolla. Apesar de tudo, sabia que o apoio do velho era vital para a sustentação de seu mandato.

Já passava das oito da noite quando o decano estacionou o seu carro, um belíssimo jeep, em frente à prefeitura. Logo que entrou no prédio, foi recebido por Heronildes, que gentilmente o levou até o gabinete do prefeito para uma conversa privada com Nezinho.

– Vereador Rolla, é um prazer recebê-lo em meu gabinete – disse o prefeito, em tom cerimonioso.

– Prefeito Nezinho, o prazer é todo meu. Só lamento que esse tipo de convite tenha ficado cada vez mais escasso. Não se esqueça de que sou um entusiasta de seu governo – respondeu Rolla.

Estavam apenas os dois no gabinete, sentados frente a frente. O homem era obeso e tinha um cheiro horrível de naftalina, que embrulhava o estômago do prefeito.

– Sei do seu apreço por mim, meu caro. Perdoe-me por ter andado um pouco displicente, pretendo ser mais presente de agora em diante.

Heronildes entrou discretamente na sala, em silêncio, e sentou-se ao lado do vereador.

– Se importaria com a presença de meu assessor? – perguntou Nezinho.

– De forma nenhuma! Pretendo ter uma conversa estritamente republicana. Não há nada para ser escondido.

– Perfeitamente! Doutor Rolla, chamei-o aqui porque fiquei sabendo que há uma movimentação na câmara de vereadores visando a abertura de uma investigação envolvendo o meu nome. Essa informação procede?

– Vejo que está bem-informado – o vereador ironizou.

– Acredito que o senhor já saiba, mas não custa reforçar: não existem evidências nem provas de ilicitudes no que tange a minha relação com a cafetina. Recebi, sim, uma doação, feita de bom grado, pela Senhora Patrocínio. O resto é intriga. Posto isso, peço-lhe, encarecidamente, para que aja, o quanto antes, a fim de evitar esse despautério – pediu.

– Senhor prefeito, mesmo que houvesse fartos indícios de irregularidades, penso não se tratar de uma prioridade para nós, na Câmara. Existem outras demandas mais urgentes a serem discutidas. E é sabido que o senhor agiu guiado pelo seu senso de patriotismo, foi um gesto nobre da sua parte.

– Concordo com o senhor. – Sorriu. – E fico muito contente em saber que estamos alinhados em relação a isso.

– O que me aflige é o desgaste que esse alinhamento poderá causar em minha reputação com os eleitores e, obviamente, com os outros vereadores. Nesse caso, acho que seria primordial uma contrapartida.

– O senhor poderia ser mais claro? – indagou o prefeito, ainda um pouco perdido.

– O arranjo tem que ser bom para os dois, compreende?

Nezinho não sabia o que dizer. Sentia-se mais uma vez nas mãos de um aproveitador. Já havia tido conversas moralmente questionáveis com o vereador Rolla, mas agora era diferente, pois a abordagem tinha sido mais direta. Percebendo a falta de traquejo de seu chefe, Heronildes decidiu intervir.

– Me recordo bem dos tempos em que o senhor era prefeito – disse o assessor, para Rolla. – Do quanto batalhou para que a nova ferrovia passasse por suas terras.

– Uma luta inglória. Pouco compreendida – Rolla murmurou.

– As pessoas maldam – continuou Heronildes. – Diziam que o senhor estava de olho apenas na generosa indenização que receberia do estado.

– Mentiras ultrajantes inventadas por comunistas. Era indiscutivelmente a melhor rota para o trem. Os engenheiros diziam isso.

Nezinho permanecia calado, comportando-se como mero espectador e, com isso, permitindo ao subordinado guiar o rumo da conversa.

– Bom, a obra está longe de ser concluída. Podemos rever o trajeto, fazer um pequeno desvio para certificarmos de que seguirá o melhor caminho, mesmo que signifique, coincidentemente, passar por suas terras – continuou o comparsa.

– Parece-me justo! – respondeu o velho.

– Temos bons contatos no Ministério da Viação e Obras Públicas. Creio que não seria um problema, não é mesmo, prefeito?

O prefeito fez que sim, custava acreditar no que via. Em quase um ano de mandato, nunca havia sido tão pressionado! Tinha a impressão de estar constantemente à beira de um precipício.

– Temos um trato? – questionou, sem rodeios, Heronildes.

– Considerem enterrada qualquer investigação contra o senhor prefeito. Armando Batalha é um néscio, e eu tenho sete vereadores nas mãos. Ele não tem a menor chance – ironizou. – E podem contar com minha presença na recepção ao presidente.

A reunião terminou com mais um aperto de mãos. E, de novo, Nezinho havia passado por cima de seus valores acreditando estar fazendo a coisa certa. Já não era mais tão ingênuo. Nem mais tão honesto.

9

Nem mesmo o amor pode nos salvar

Naquela noite, Nezinho decidiu voltar a pé para casa. Não era exatamente uma grande distância, todavia estava acostumado a sempre usar o automóvel. A lua cheia iluminava as águas do São Francisco. O rio, vestido de dourado, resplandecia, oferecendo um espetáculo belíssimo aos olhos do cansado Nezinho. Para o prefeito, noites como essa tinham um significado ainda mais especial: era uma maneira de se conectar com sua mãe, falecida quando ele ainda era só uma criança.

Dona Anita não teve outros filhos, não porque não quisesse, mas porque não podia. Durante a gravidez de Nelson, o Nezinho, sofreu de eclampsia e por muito pouco não o perdeu. Ainda assim, a doença a deixou com severas complicações. Entretanto, a saúde frágil não a abatia e muito menos a privava de viver, sabia que não veria o filho crescer, razão pela qual valorizava cada momento junto dele.

Ele conservava na memória a mulher forte e generosa que ela havia sido e o modo como, mesmo iletrada, sabia ser perspicaz. Quando olhava para a Lua, lembrava-se do fascínio que exercia em sua mãe, da época em que passavam horas deitados na grama absortos pelos seus mistérios.

A cidade estava praticamente deserta, já que era tarde da noite, quando a iluminação pública ficava mais fraca. Não era motivo de incômodo, longe disso, Nezinho buscava por sossego. Decidiu caminhar pela orla, era uma noite quente, como quase todas, e não havia lugar mais fresco em Itupirá.

Bené também estava por lá, sentado na ponta do enorme cais, solitário em seus pensamentos. O fulgor da lua clarejava o menino, como um verdadeiro holofote. A imagem era linda, o que fez com que Nezinho se aproximasse dele.

– Senhor prefeito, o que faz aqui? – indagou Bené, surpreso com a presença do político.

– Minha mãe dizia que há muitos e muitos anos, nestas terras, vivia uma índia de beleza estonteante, que se apaixonou por um corajoso guerreiro de uma tribo inimiga. Viveram uma paixão proibida, lutaram contra tudo e contra todos para ficarem juntos, mas foram separados pelo imponderável: a morte do rapaz em uma sangrenta batalha. A bela, em total desalento, caiu em pranto. Chorou por dias e noites sem parar, formando um verdadeiro rio de lágrimas. Muito tempo depois, deram a esse rio o nome de São Francisco.

Ele se sentou ao lado do menino.

– Eu gosto de pensar que o Velho Chico é fruto de uma história de amor, embora tão trágica – continuou o prefeito. – Mas não é assim que o mundo é? Nem mesmo o amor pode nos salvar. Acho que minha mãe estava me preparando de alguma forma, ao contar essa lenda.

– Te preparando para quê?

– Para a vida, para a morte, para a nossa insignificância perante a infinidade do universo. Estamos predestinados a sempre meter os pés pelas mãos. Minha mãe sabia disso, era uma visionária.

– E onde está ela?

– Em algum lugar melhor, pelo menos é o que eu espero. Pois lhe devolvo a pergunta, onde está a sua?

– Eu não sei, e nem quero saber. Ela me abandonou quando eu nasci – disse o garoto, tentando demonstrar indiferença.

– E quem te criou?

– Meu pai...

– Como ele permite que você fique vagando sozinho até uma hora dessas?

– Acho melhor eu ir embora! – respondeu Bené.

– Fique! Eu te levo em casa.

– Me desculpe, mas eu realmente tenho que ir.

O menino se levantou e saiu correndo. Era perceptível que a conversa havia chegado a um ponto sensível para Bené. O prefeito teve pena, porém sentia que nada poderia fazer.

Nezinho vislumbrava muito de si no pobre órfão, embora pouco soubesse sobre ele. Assim como o garoto, experimentou a dor de não ter mãe ainda muito novo e se viu completamente sozinho no mundo. Naquela época, Seu Aristides trabalhava muito e tinha pouco tempo para o filho. As semelhanças entre os dois deixaram no prefeito a vontade para se abrir, como poucas vezes fez.

10

Et tu, Heronildes?

O dia amanheceu ensolarado. E quente, muito quente. Nezinho pulou da cama bem cedo, quando o despertador tocou. Queria ter tempo para se arrumar, já que em poucas horas finalmente estaria cara a cara com o presidente Dutra. Vestiu seu melhor terno e, na lapela, colocou um broche da bandeira nacional.

Seguiu para a prefeitura, acompanhado por Dona Brígida. A primeira-dama, elegantemente vestida, usava um belíssimo *voilette*, encomendado de Belo Horizonte especialmente para a posse do prefeito.

Sentiu-se aliviado ao constatar que as ruas da cidade estavam tomadas por patriotas, em trajes de gala, empunhando bandeirinhas do Brasil.

– Nós conseguimos, minha querida! – disse o prefeito para Brígida, assim que pôs os pés na prefeitura.

– Não, Nezinho. Você conseguiu! Se não fosse seu esforço, sua coragem e sua ousadia, não teríamos chegado até aqui. Deus ajuda os justos – respondeu ela.

Heronildes entrou na sala, dessa vez não se esqueceu de bater. Estava usando um terno de linho branco e um colossal chapéu panamá.

– Um verdadeiro mafioso italiano – ponderou a mulher do prefeito, quando o viu.

– Senhor prefeito, o povo o aguarda na praça – disse o assessor.

– Meu caro Heronildes, é chegado o momento que entrará para a história de Itupirá. Hoje, testemunharemos a grandeza de nosso gentílico.

A praça principal da cidade estava abarrotada. Crianças, velhos, homens, mulheres, pobres, ricos, negros, indígenas e brancos. Era como se toda Itupirá estivesse reunida ali. Até aquelas que protestaram dias atrás participavam da solenidade, juntas de Dona Alzira e seu marido, o vereador Armando Batalha. No lado oposto da aglomeração, entre cochichos e murmúrios, estavam Percival Rolla e alguns vereadores. Todavia, o que mais chamou a atenção do público foi a ausência de Patrocínio e suas meninas, fato que gerou falatórios.

Nezinho e Dona Brígida chegaram de automóvel, na companhia de Heronildes, e foram direto para o coreto, onde havia sido montado um palanque. A edificação estava toda enfeitada com faixas em verde e amarelo e abrigava, também, a banda marcial da cidade, que tocava hinos patrióticos. Perto dali, ficava o prédio da capitania dos portos, já envolvido pela faixa vermelha que seria cortada pelo presidente.

– Como está sua senhora? – perguntou o prefeito para seu assessor.

– Está bem! Ontem tivemos um susto, percalços da gravidez – respondeu ele.

– Falta muito para a criança nascer? – indagou a primeira-dama.

– O médico acredita que em duas ou três semanas, Dona Brígida.

E ficaram os três, em pé, parados como um dois de paus. E a banda tocava. E tocava mais. Repetia arranjos. E nenhum sinal do presidente da República. O público se entediava e o prefeito estranhava, entretanto não se afligia, pois sabia que Dutra era um homem de palavra.

Enquanto isso, Rosa havia ficado na prefeitura. Tinha recebido ordens expressas do prefeito para não sair de lá, visto que a presidência poderia fazer contato. E fez. A secretária recebeu um telegrama do Rio de Janeiro, enviado por José Pereira Lira, o então Ministro-chefe do Gabinete Civil. Atônita com o conteúdo da mensagem, saiu em disparada.

– Senhor prefeito, lamento muito ser a portadora de notícias devastadoras – disse Rosa, sussurrando para o chefe, assim que chegou ao coreto praticamente sem ar.

O prefeito, a secretária e o assessor foram para um dos cantos do palanque improvisado, de modo que não fossem vistos pela multidão presente.

– Senhorita Rosa, pelo amor de Deus, diga logo! – disse Nezinho, mais aflito do que nunca.

– Recebi agora este telegrama – disse ela, ao lhe entregar o papel. – É a resposta ao pedido de confirmação que enviamos para o Catete.

– E então? – perguntou Heronildes.

– Eles disseram desconhecer qualquer mensagem enviada anteriormente. Parece que o Presidente Dutra foi se encontrar com Perón, na Argentina. Nunca houve a intenção de passar por Itupirá – respondeu ela.

– Mas não é possível! Se não foram eles, quem foi que enviou? – perguntou o chefe.

– Seguramente algum dos seus adversários – respondeu o assessor. – O senhor caiu numa armadilha!

O prefeito ficou reflexivo e em silêncio, só se escutava a banda marcial, que tocava pela quinta vez o hino da bandeira. Desconfiava do envolvimento de Dona Patrocínio, mas estava seguro de que ela não agiria sozinha. Começou a pensar em seus inimigos, em como cada um poderia ter participado dessa armação. No entanto, quanto mais sua cabeça fervilhava em pensamentos, menos certezas tinha.

Seria um plano dos Batalhas para arruinar de vez com a vida pública de Nezinho? Uma jogada de mestre de Rolla para deixar o prefeito comendo em suas mãos? Sem ter as respostas que tanto almejava, o político se virou em direção ao assessor, certo de que duas cabeças pensam melhor do que uma, e olhou bem no fundo dos olhos dele.

E de repente tudo parecia fazer sentido. A maneira como Heronildes plantou o nome da cafetina. A insistência incessante por um acordo. Nezinho nunca compreendeu o porquê de tamanho interesse, mas agora a história ganhava um novo sentido.

– Você... – disse ele para seu subordinado. – Seu patife!

– Eu? Mas o que foi que fiz? – reagiu o assessor.

O político entrou num estado de fúria, como se estivesse possuído por um demônio. Seus olhos se arregalaram, sua boca começou a espumar e sua face foi coberta de vermelho. A ficha caiu e foi mais doloroso do que ele poderia suportar. Sentia-se como Júlio César, apunhalado por seu filho adotivo. *Et tu, Heronildes?*

– Você acha que eu sou parvo? A verdade é que nunca engoli essa sua ideia de pedir dinheiro para a alcoviteira – vociferou.

– Senhor, está mentecapto? Eu só queria ajudá-lo – disse Heronildes. – Não há maldade nenhuma nisso.

– Patranha! Vocês estavam mancomunados desde o início. Minha intuição já dizia isso.

– Essa versão dos fatos não faz o menor sentido. Se desconfiava, por que foi procurá-la? – defendeu-se.

– Ora, e eu tinha escolha? Estava desesperado, sem saber o que fazer e a quem recorrer. Está claro que agiu de má-fé, que se aproveitou de um momento de fragilidade e do meu espírito de patriota para levar vantagem.

– Senhor, está cometendo um grande equívoco.

– Faça-me um favor, suma da minha frente! Não quero ter que olhar nunca mais para essa sua cara de homem venal – esbravejou.

– Prefeito, isso é uma arbitrariedade. Sou inocente e tenho dado provas diárias da minha lealdade. Tudo é apenas um grande mal-entendido, só preciso que você me ouça.

– Eu já ouvi tudo, nem perca seu tempo tentando se explicar. Seria muita presunção da sua parte achar que sou estúpido a ponto de cair mais uma vez na sua lábia. Vai embora, moleque, e nem preciso dizer que está no olho da rua!

– Vai se arrepender amargamente por isso.

E o assessor se foi, passando como um foguete pelo povo, sem olhar para trás, até que desapareceu na multidão.

– O que foi isso que aconteceu? – perguntou Rosa.

– Fui atraiçoado por alguém que considerava parte da minha família – disse Nezinho, melancólico.

O prefeito voltou para o centro do palco, ao lado de Dona Brígida, e pediu a palavra no microfone. Não tinha ideia do que faria, mas sabia que precisava ganhar algum tempo para pensar melhor em o que diria para o povo.

– Atenção, povo Itupirense! Hoje é um dia histórico para nossa cidade, o dia em que ratificaremos o nosso compromisso com a Pátria. Queria agradecer a presença de todos vocês, nesse lindo sábado ensolarado, e dizer que o senhor presidente já deve estar a caminho.

Proponho que, antes da chegada de sua excelência, cantemos o nosso hino.

A banda começou a tocar o Hino Nacional Brasileiro. E o povo acompanhava, cantando em um lindo coral de centenas de vozes.

Aquela imagem comovia Nezinho, pois era pura e espontânea. E pensava no tempo em que a maldade estava restrita aos contos de Grimm, que sempre lia antes de dormir. Como ele havia mudado nesses últimos dias! Estaria disposto a conviver com essa nova versão de si mesmo? Poderia tentar regredir, mas jamais conseguiria. A vida só anda para a frente. O que se perde pelo caminho fica pelo caminho.

O que diria seu pai após mais uma decepção com o filho? Seu Aristides foi, durante anos, um exemplo de político para o povo itupirense, um homem probo e trabalhador, responsável por alçar o sobrenome Pacífico aos anais da política mineira.

Seu coração sabia as respostas. E por isso foi parando. Era tão devagar que ele pouco sentia. Indolor, como deve ser. Até que parou por completo. Deitado eternamente em berço esplêndido.

MADAME PATROCÍNIO, a LIBERTINA

Patrocínio não acreditava em Deus. Pelo menos não mais. A vida tinha sido muito dura com ela, por isso pensava não haver espaço para cultivar ilusões. Cética convicta, não se impressionava com nada. Dizia já ter visto de um tudo. E tinha.

Seu verdadeiro nome era Maria do Amparo, todavia desde muito nova adotou Patrocínio para a guerra. Sua infância não foi fácil, vivia com os pais e mais oito irmãos em um casebre de dois cômodos, no semiárido baiano. Ainda criança, costumava pegar na enxada para ajudar o pai, um pobre lavrador, a capinar a terra.

A fome era uma constância na vida da desvalida menina. Não era raro passar dias sem comer, a ponto de ter alucinações, mas se mantinha de pé, sobrevivia ou, melhor dizendo, resistia. Pena que nem todos tiveram a mesma força. Enterrou dois irmãos, duas crianças, vítimas da miséria.

A garota virou mulher e começou a atrair olhares maliciosos. Não era exatamente bela, visto que a falta de comida a havia deixado raquítica. Entretanto, era jovem. Virginal.

E isso interessava ao Coronel Tertuliano Abranches, o homem mais poderoso da região. Para deflorar a moça, ofereceu-lhe uma pomposa quantia. Ela não estava em condições de recusar, era um ano de forte estiagem, e os mantimentos já haviam se esgotado. Amparo, então, se entregou. Foi horrível. Brutal. Desalentador.

Contudo, o dinheiro livrou a família de passar por mais um longo período de fome, e ela havia descoberto um novo sustento. Deitava-se com estranhos em troca de vinténs. Até que decidiu sair de casa, virou Patrocínio, rodou a Bahia e acabou caindo no norte de Minas, na pacata Itupirá.

Pulando de cama em cama, de bordel em bordel, descobriu que os desejos carnais dos homens movem o mundo. Astuciosa, desde cedo se interessou pelo funcionamento do negócio, dedicação tamanha que a levou a se tornar braço direito de Madame Désirée, a temida mandachuva da casa da luz vermelha de Itabuna. Anos depois, com um bom pé de meia feito, tornou-se uma ilustre empresária, dona de uma das casas mais notáveis do vale do São Francisco.

Era uma feminista, embora desconhecesse o conceito em profundidade. Jamais abaixou a cabeça para homem e era capaz de tudo para defender suas meninas. Conhecedora dos segredos mais obscuros da cidade, sabia que eram poucos os que tinham coragem de desafiá-la, portanto não hesitava em impor a sua vontade.

Sobre Nezinho, não tinha muito o que dizer, posto que pouco o conhecia. Sabia da sua aversão ao meretrício da cidade e, assim sendo, não simpatizava com a figura do político. No entanto, a inabilidade do prefeito a atraía, pois via uma oportunidade de levar vantagem. Escrúpulos? Se tivesse, não teria chegado tão longe. Gostava mesmo era de tutu no bolso, o trauma dos tempos de pauperismo fez dela avarenta. Não foi por acaso que aceitou negociar com ele.

1

Turco sovina

O gabinete de Patrocínio estava mais bagunçado do que o habitual, as últimas semanas haviam sido movimentadas, e ela pouco teve tempo de arrumá-lo. Era uma mulher ocupada, passava noites em claro cuidando do bordel, vigilante para não perder nada do que acontecia por lá. Durante o dia, despendia horas fazendo a contabilidade, de modo que nenhum detalhe passasse despercebido. Uma raposa velha, desconfiada e difícil de ser enganada.

Ali, ela recebia Mamede Shahin, o proprietário do imóvel em que o lupanar funcionava. O homem, que já passava dos setenta, era um turco ranzinza e sovina, dono de uma verdadeira fortuna em propriedades espalhadas por todo o norte do estado.

– Senhor Shahin, estou curiosa. O que lhe fez despencar de Bocaiúva até aqui? – perguntou ela.

– Acontece, madame, que o assunto é delicado – respondeu.

– Diga, sem rodeios, por favor.

– Está bem, serei franco. Preciso que a senhora desocupe o imóvel. Faça o quanto antes, por obséquio. Digamos que tenho outros planos para o prédio.

– Ora, o senhor está fazendo pilhéria? Acha que tenho cara de palhaça? – disse indignada. – Sou uma excelente inquilina, jamais atrasei sequer um pagamento e sempre honrei com os nossos compromissos.

– Não é nada pessoal, a madame sabe bem como funciona o mundo dos negócios.

– O que eu sei é que temos um acordo de anos, então trate de cumpri-lo. O que se passa na sua cabeça?

– A capitania dos portos atrairá muitos forasteiros para Itupirá, entretanto a cidade não dispõe de uma rede hoteleira suficientemente robusta para acomodar a todos. Diante disso, decidi transformar o sobrado em um hotel, algo único e inédito na região.

– O senhor está devaneando! Estes delírios megalomaníacos o levarão à ruína. Não vê que está agindo por impulso?

A cafetina não se deixava abater facilmente, o turco era cabeça-dura, todavia já o havia dobrado antes. Perder o bordel definitivamente não fazia parte dos seus planos.

– Se o problema for dinheiro, aumente o aluguel, o quanto quiser – continuou Patrocínio. – Grana é o que não falta para mim!

– Lamento muito, a minha decisão já está tomada. Estou diante de um investimento seguro e altamente lucrativo, jamais deixaria passar essa oportunidade.

– E para onde vamos eu e minhas meninas?

– Bom, isso não é problema meu. A madame sabe se virar muito bem, tenho certeza de que encontrará algum lugar.

– Como? Ninguém nessa cidade quer ter relação comercial com puta. Somos tratadas como párias, a nós é negado o simples direito de existir. Devemos ficar sempre invisíveis, longe do convívio em sociedade e reclusas nas alcovas. Percebe como está nos deixando em maus lençóis? – expôs revoltada.

O homem se levantou abruptamente, assustando Patrocínio, que reagiu fazendo o mesmo. Em meio a tensão crescente, os dois se fitaram por instantes, que mais pareceram uma eternidade.

– A madame tem um mês para sair, caso contrário tomarei medidas judiciais. Portanto, não abuse de minha paciência – disse Shahin, impaciente e enfático.

–Maldito! – bradou. – Já está com os dois pés na cova e, mesmo assim, só consegue pensar em ganhar alguns trocados. Não se esqueça de que caixão não tem gaveta, turco sovina!

– Veja só, o sujo falando do mal lavado. Acho melhor encerrarmos essa conversa por aqui, não quero me irritar.

O velho saiu da sala, não havia mais nada para ser dito. Tudo que Patrocínio precisava era de um plano, de alguma ideia genial que fosse capaz de impedir sua derrota. Não cria em Deus, mas acreditava em si mesma.

2

A grande família

Durante o dia, o salão principal servia como uma enorme sala de estar paras as meninas de Patrocínio. Era ali que costumavam fazer as refeições, jogar um carteado, conversar e ensaiar os números que exibiriam mais tarde no palco. Nem todas viviam no bordel, algumas até moravam em outras cidades, todavia comportavam-se como uma grande família.

A cafetina, que fazia questão de manter a harmonia e a união das garotas, procurava ser justa e generosa. Sabia que a vida de meretriz não era fácil, por isso fazia de tudo para torná-la suportável. Por vezes, contudo, não deixava de ser rigorosa, se necessário.

Foi durante o almoço, logo após a saída de Shahin, que contou tudo sobre a conversa para as meninas.

– O que faremos agora, madrinha? – perguntou Gigi.

Adalgisa, a Gigi, era a decana. Já passara dos quarenta, mas ainda fazia sucesso entre a clientela. Tinha um carisma do tamanho do mundo e um sorriso confortante.

– Para onde iremos, madrinha? – indagou Zu.

Zuleika, a Zu, era a mais bonita. Filha de um casal de libaneses, costumava se vestir de Odalisca em um dos shows mais concorridos do randevu.

– Como podemos te ajudar, madrinha? – questionou Tcheca.

Doralice, a Tcheca, não tinha nenhuma relação com a Checoslováquia e nem sequer era verdadeiramente loira. Contudo, sua pele branca e sardenta encantava os homens da região. Natural de Juazeiro, a ideia de transformá-la em estrangeira partiu de Patrocínio, que até mesmo lhe sugeriu um falso sotaque.

– A gente vai dar um jeito, madrinha – falou Lina.

Adelina, a Lina, tinha melanina de sobra. Era a mais instruída das meninas, visto que chegou a concluir a Escola Normal, entretanto a falta de emprego a levou ao meretrício.

– Eu sei que são muitas as perguntas, mas eu infelizmente não tenho as respostas – disse Patrocínio. – Quer dizer, pelo menos por agora.

Ela confiava em todas e sabia que poderia contar com cada uma. Estava certa de que, quanto mais cabeças pensantes, melhor.

– Não temos nada contra esse turco? Poderíamos chantageá-lo, madrinha – propôs Deusa.

Diamantina, a Deusa, era amoral. Aproveitava-se de sua aparência de boa moça para aplicar pequenos golpes.

– Nada. O homem é um poço de sem-gracice, passa o tempo todo em casa fazendo contas. Tu acha que não passou pela minha cabeça?

O clima era de consternação, e uma virada no jogo parecia cada vez mais improvável. A cafetina era desapegada, entretanto sabia como era difícil recomeçar do zero. Pensava não ter mais idade nem saúde para tal.

Foi por acaso que acabou se estabelecendo na cidade, no primeiro ano da década de 1930. Veio a bordo de um vapor, deixando para trás o desprestígio que assolava a região cacaueira, onde viveu parte da sua vida, após a queda da bolsa de Nova Iorque. A embarcação, que tinha como destino Pirapora, enfrentava problemas técnicos, motivo pelo qual tiveram de ancorar em Itupirá. Abismada pelo contratempo, a ateia Patrocínio pensou estar lidando com um sinal divino e não pestanejou ao desembarcar rumo a um novo capítulo na simpática localidade.

Em seu périplo, aprendeu que a vida pode surpreender. E, onde menos se espera, pode estar a solução de todos os problemas.

– Madame Patrocínio, a senhora tem uma visita – disse Bartô, o faz-tudo.

A alcoviteira foi até a porta do sobrado e se deparou com uma mulher segurando uma criança de 4 anos no colo, de mala e cuia.

– Lourdinha? – perguntou em estado de choque.

3

Donzela indefesa

Maria de Lourdes, a Lourdinha, era o orgulho de Patrocínio. Foi de moça simples, criada numa fazenda próxima a Itupirá, a esposa de um dos maiores fazendeiros do Triângulo Mineiro.

A cafetina nunca se esqueceu do dia em que a menina, ainda uma adolescente, chegou ao bordel. Era uma jovem ingênua e inexperiente, que pouco sabia sobre a vida, apesar de já ter passado por muitas coisas. Desde aquele momento, percebeu estar lidando com um diamante bruto.

A dona do bordel ensinou tudo que sabia para a garota, revelando os mais indecorosos segredos da alcova. Aulas foram muitas, teóricas e práticas, não existindo pudores nem limites quando estavam juntas. Assim, aos poucos, foi se transformando em puta, sem perder jamais o rosto de donzela indefesa.

– Minha linda, o que foi que aconteceu? – perguntou Patrocínio, preocupada.

As duas foram para o gabinete. Lourdinha estava deslumbrante, parecia ainda mais jovem, bela como uma estrela de cinema, vestida em seda pura. No colo, o menino Mundinho dormia o sono dos justos.

– Madrinha, fui posta para fora de casa. Eu e o meu menino – respondeu.

– Mas que monstruosidade! Como seu marido teve coragem de fazer isso com o próprio filho?

– O Mundinho não é filho do coronel. Por conta disso, estamos na rua da amargura, sem eira nem beira. Você é tudo que eu tenho, madrinha.

– E como foi que ele ficou sabendo? Tu é burra? Um segredo como esse a gente leva para o túmulo.

– Eu não contei nada, ele é que descobriu sozinho.

– Então ele não tem provas!

– Ele tem. O tipo sanguíneo do menino não bate com o dele. É ciência.

– Eu não estou entendendo. O que tem a ver o sangue da criança?

– Cada um tem um tipo de sangue. O meu e o do Coronel é O. Nosso filho só poderia ter o mesmo, mas é o B que corre nas veias do pequeno. Para os médicos, não restam dúvidas de que a paternidade pertence a outra pessoa.

– Por que cargas d'água vocês chegaram a essa situação?

– O meu menino precisou de uma transfusão, após uma anemia.

– Pobrezinho! Como ele está agora?

– Curado!

– Enfim uma boa notícia! Mas, me diga, onde está o verdadeiro pai?

Lourdinha ficou em silêncio, não queria revelar a verdade.

– Minha filha, se quer a minha ajuda, precisa me dizer quem é. Não posso te socorrer se não confia em mim – continuou.

– A madame sabe muito bem a resposta – disse Lourdes, envergonhada.

– Não vai me dizer que é o assessor do prefeito?

– Ele me amava, eu estraguei tudo – respondeu com a voz embargada.

E começou a chorar. Sentimentos do passado vieram à tona, pois nem o tempo foi capaz de arrefecer essa paixão. Com Heronildes, aprendeu a amar e ser amada. Pelo fruto desse amor, suportou as piores humilhações e ofensas, porque, no fundo, jamais perdeu a esperança de vivê-lo pelo menos mais uma vez.

– Minha querida, ele só estava se divertindo com você. Homem nenhum se enrabicha com puta. Só os enganados. Tu sabe disso.

– Com Heronildes era diferente porque havia sentimento. Nunca foi só safadeza.

– Deixe de tolice, o sujeito estava noivo.

– Estava a um passo de desfazer o enlace. Se não tivesse sido convocado para a guerra, estaríamos juntos.

– Pior do que puta burra é puta iludida!

– Não fale assim, madrinha! – rogou.

– Falo porque tu precisa ouvir. Serei honesta contigo, não poderia ter vindo em pior momento. Estou a ponto de ser despejada.

– Me perdoa, eu não fazia ideia. O que está ocorrendo?

– Uma longa história, qualquer hora eu te conto. Vamos focar, primeiro, no seu problema, está bem?

– Eu sinceramente não sei o que fazer, me vejo em um beco sem saída.

– Vá atrás do pai, ele tem a obrigação de bancar o garoto. Pelo que eu sei, a prefeitura lhe paga um salário generoso.

– Tenho medo da reação dele. Não quero me precipitar.

– Há de convir que não te resta outra alternativa. Não perca mais tempo, o pobrezinho não pode ficar desamparado. Aqui não é ambiente para ele.

– Heronildes vai me odiar por isso.

– Não busque por piedade. Tu precisa é de dinheiro.

Patrocínio exercia forte ascendência sobre Maria de Lourdes. Eram como mestre e aprendiz. Por isso, mesmo contrariada, a jovem não relutou em fazer exatamente o que havia sido instruída. Saiu com o menino, logo depois, e não voltou mais.

4

Uma rapariga idosa

Naquela noite, o bordel estava lotado como há muito tempo não se via. Patrocínio, como de costume, recebia os clientes na porta, ao mesmo tempo que tentava não transparecer a tensão com o suposto despejo. Todavia, era para o palco, onde Zuleika apresentava seu número de odalisca, que as atenções estavam voltadas.

Armando Batalha era um frequentador assíduo do randevu, vinha praticamente todas as semanas para ver Tcheca, a sua preferida. Desde o momento em que chegou à cidade, a moça exercia certo fascínio no vereador, que acreditava ingenuamente estar se envolvendo com uma estrangeira. Por isso, era comum que ele a cobrisse de perguntas sobre o Golpe de Praga, o comunismo, os soviéticos e outras tantas.

A farsante não sabia o que dizer, apenas repetia o que fora orientado pela cafetina: "Não *querer* falar do meu passado". Ele compreendia, imaginava quão difícil havia sido a vida da pobre.

– Eu sinto muito, porém não posso fazer nada – respondeu Batalha, logo após Patrocínio lhe pedir ajuda para evitar o despejo.

Ele estava sentado em uma mesa, no canto do salão, com Tcheca em seu colo. Já havia bebido alguns copos de whisky, portanto não estava em perfeita posse das faculdades mentais.

– Está ciente de que, se não nos ajudar, poderá nunca mais ver sua amada Tcheca? – argumentou a alcoviteira.

– Benzinho, *prosím*! – disse a meretriz, fazendo uso da única palavra em Tcheco que sabia.

– Não precisa se preocupar, minha branquinha. Vou te bancar. Terá tudo que precisa. Dou-lhe a minha palavra!

– O senhor não vai levar uma de minhas meninas. Nem tente, caso contrário lamentará ter nascido.

– Está me ameaçando? Acha que eu tenho medo de uma rapariga idosa? – desafiou o político.

– Deveria, porque essa idosa sabe muita coisa de muita gente – provocou.

A dona do bordel se retirou, não queria dar tempo para mais uma resposta atravessada de Armando Batalha. Percebendo a animosidade do momento, a impostora foi atrás.

– Nem pense em aceitar a proposta desse fanfarrão, senão acabarei com essa sua farsa, Doralice – ameaçou.

Tcheca nada disse. Preferiu o silêncio, embora no fundo estivesse tentada pela oferta indecente do vereador.

Patrocínio cruzou todo o salão. Não eram poucas as figuras notáveis da cidade que estavam presentes. Pensou em achacar cada uma delas, entretanto logo percebeu que seria uma perda de tempo. Aqueles homens só queriam se divertir, beber um pouco, dançar Charleston com as meninas e, é claro, esquecer os problemas da vida ordinária. Decidiu seguir para seu gabinete, mas acabou esbarrando com Lina no caminho.

– Madrinha, tem um homem parado na porta, querendo falar com você.

– Que homem?

– Não o conheço. Disse apenas que era urgente.

– Está bem, vou agora mesmo. Algum sinal da Lourdinha?

– Nenhum. Ela ainda não voltou...

Lina vestia roupas sóbrias, bem diferente dos habituais paetês. Eram trajes apropriados para uma missa, que pouco combinavam com o ambiente em que estavam. Era sexta-feira. E às sextas ela tinha aulas de anarquismo com padre Aldo, segredo que só a cafetina sabia.

– Como andam as lições? – perguntou a dona do bordel.

– Estupendas! Padre Aldo é um excelente professor.

– Olha lá, hein? Vê se tu não arrasta o vigário para o caminho do mal – ironizou.

5

Cambalacho na baratinha

A alcoviteira foi até a porta falar com o tal homem. Era Heronildes. O patife não teve coragem nem para entrar no salão e pediu à madame para tratarem a sós, em um ambiente mais discreto.

Na ausência de um lugar melhor, optaram por conversar dentro do carro do assessor. A baratinha, como ele chamava carinhosamente seu Ford modelo 1929, era apertada e fedia a gasolina, contudo conferia certa privacidade aos dois.

– Antes de mais nada, quero saber para onde tu levou a Lourdinha e o menino – inquiriu Patrocínio.

– Fique tranquila, os dois estão bem – respondeu.

– O senhor não está entendendo, eu exijo saber onde estão! E, por favor, não me venha com meias palavras.

– Os hospedei em um hotel da região, lugar de gente honesta e decente, bem diferente da cloaca onde estavam!

– O senhor lave a sua boca antes de falar de minha casa – ela se impôs. – Tu é uma ratazana de esgoto, um sanguessuga da pior estirpe, prepotente e obsceno.

A cafetina queria voar no pescoço de Heronildes, desde pequena tinha sangue quente nas veias.

– Vamos tentar manter o nível, embora eu saiba que para você seja inusual – disse em tom de ironia.

– Fale logo o que quer, não tenho tempo para bobagens!

– O que eu quero é o mesmo que você: ajudar a pobre Maria de Lourdes e o menino Mundinho.

– Muito bem! Estamos começando a nos entender.

– Eu tenho um plano, modéstia à parte, brilhante.

Ele, então, contou-lhe sobre a ideia de enviar um falso telegrama à prefeitura sobre uma possível visita do presidente Dutra a Itupirá. A intenção do assessor era forçar o prefeito a negociar um pedido de empréstimo com a dona do bordel, em termos abusivos, para financiar uma recepção oficial, uma vez que as contas públicas estavam no vermelho. Por fim, lhe propôs dividir os lucros oriundos da transação, sendo uma parte destinada a Lourdinha e à criança.

– Ah, sério? Tu não vale mesmo o que come! Isso tudo é um desatino – falou uma atônita Patrocínio. – Tenho muito mais a perder do que a ganhar entrando nesse cambalacho. Além do mais, não preciso de dinheiro, sou rica como um Matarazzo.

– Mas de nada vai adiantar essa riqueza toda se a madame não tiver um teto para seus negócios. Pensa que eu não sei que está na iminência de um despejo? Estive com o senhor Shahin nesta semana e, para sua sorte, ainda não tive tempo de falar com o prefeito.

– Ainda que seja verdade o que diz, não quero ser responsável por surrupiar dinheiro de escolas e hospitais. Não sou uma criminosa. Nunca fui!

– Não precisa bancar a boa samaritana. Convenhamos, a sua relutância nada tem a ver com princípios. Mas eu posso melhorar a proposta, torná-la mais atraente para a madame – falou ele em tom de ironia.

– Eu já ouvi o suficiente. Passar bem, senhor! – respondeu rispidamente.

Patrocínio tentou sair do carro, mas logo foi impedida pelo assessor. Ele a puxou com tanta força que ela, surpresa pela insistência insolente daquele homem, mesmo enfurecida, consentiu em escutá-lo mais um pouco.

– Espere! Quero te propor que coloquemos o velho hospital no acordo. O prédio está às moscas, em completo abandono. A madame não precisa de um novo lugar para o bordel? Pois então, eis a solução dos seus problemas. – Tentou uma última cartada. – Façamos um escambo.

A proprietária do lupanar ficou balançada com a nova proposta. Deixar a cidade em que morava há quase vinte anos decididamente não fazia parte dos seus planos. Não depois de lutar tanto para conquistar o seu espaço e de viver aos trancos e barrancos durante boa parte da sua existência. A tramoia não parecia mais tão insana e ganhava contornos mais realistas.

– Por que tem tanta certeza de que o prefeito aceitará o meu dinheiro? – questionou.

– O palerma é um patriota convicto, obcecado pelos símbolos nacionais. Vive tendo devaneios com o Presidente Dutra, de como lhe faria uma faustosa celebração caso viesse a nossa cidade.

– Ainda que aceite, como posso confiar que honrará com o que foi acordado?

– Nezinho, como todo político, morre de medo do povo. Saberá que o cumprimento da tratativa é necessário para manter a história por debaixo dos panos.

– Não conheço bem as leis, mas sei que ao aceitar sua oferta indecente corro o risco de ir parar no xilindró.

– Madame, quanto a isso fique tranquila: não há lei nenhuma que impeça um cidadão de praticar a caridade. Não é errado ajudar a sua prefeitura. Só não precisamos revelar os detalhes, se é que você me entende...

– O senhor é um gatuno! – debochou. – Conte com a minha pessoa para depenar o pateta.

– Formidável, madame! Deixe tudo comigo, preocupe-se apenas em fingir surpresa quando for procurada pelo prefeito.

Não demorou muito para que Nezinho fosse ao encontro de Patrocínio. Alguns dias depois, no meio de uma tarde quente e ensolarada, o homem chegou vestido de palhaço, assustando parte das meninas do prostíbulo. A conversa foi rápida, mas dentro do que se esperava. O velho prefeito era previsível. E isso era bom para os golpistas.

6

A lascívia dos homens

No dia seguinte à visita de Nezinho, Patrocínio madrugou. A cafetina teve uma forte crise de gota e mal pregou os olhos durante a noite. Já fazia tempo que sua saúde estava debilitada, o que suscitava falatórios entre as meninas. Era terça-feira, dia em que o bordel se transformava em salão de beleza para as prostitutas. Na ausência de manicure e cabeleireiro, uma ajudava a outra. No ramo mais antigo do mundo, formosura conta. E muito.

A dona do prostíbulo preferiu ficar reclusa em seus aposentos. Estava acompanhada de Deusa, que minutos antes lhe havia trazido uma bacia de água gelada para amenizar as dores. De todas as meninas, era a que mais se preocupava com a chefe. Puro interesse, é verdade, mas quem haveria de questionar as intenções da moça? No fundo, todo mundo age movido por conveniências.

– Essa doença é fruto do desassossego, madrinha! – disse Deusa.

– Eu sei bem, minha querida! Eu sou uma sobrevivente, não vai ser agora que vão conseguir me derrubar. A tempestade está passando, em breve terei boas notícias.

– Está segura disso?

– Tu acha que tenho cara de loroteira? – perguntou, incomodada.

– Absolutamente! Não foi isso que quis dizer.

De repente, ouviram sons de vozes e gritos. A cafetina, assustada, pulou da cama e correu para o salão. Pensou que algo grave pudesse estar ocorrendo com as meninas. A apreensão fez com que ela, por alguns instantes, se esquecesse de todas as dores.

– Madrinha, estamos sendo atacadas – disse Gigi, em pânico, assim que a chefe entrou no salão.

– Atacada como, abestada? – indagou Patrocínio.

– Há uma horda de mulheres, paradas em frente à porta do bordel, exigindo ver a senhora, madrinha! – explicou Zu.

A vozearia vinda de fora ficava mais forte, contudo as portas do salão estavam trancadas. Dentro do sobrado, reinava o pânico. Algumas meninas foram buscar refúgio em outros cômodos, na esperança de não serem encontradas em caso de uma invasão.

– Abram já essa porta! – ordenou a dona do bordel.

– Madrinha, elas vão fazer picadinho de nós. O melhor a se fazer é chamar o delegado Pinto – ponderou Tcheca.

– Desde quando a polícia se importa com puta? Eu não tenho medo de carola, sei muito bem como lidar com esse tipo de gente – bradou a chefe.

Ela estava certa. Nos muitos anos de meretrício, presenciou por diversas vezes o ódio e a perseguição dos chamados "cidadãos de bem". Esse foi o principal motivo de ter se estabelecido em Itupirá, posto que a cidade, até então, fazia relativa vista grossa para o que acontecia ali dentro.

– Estão surdas ou são lesadas? Não estou pedindo, estou mandando que abram imediatamente a porta – continuou, ainda mais enfática.

Bartô veio de dentro, trazendo uma enorme espingarda. O faz-tudo trabalhava há muitos anos com Patrocínio. Era um bronco, calejado pelo tempo, mas extremamente leal e protetor.

– Pode dar meia-volta, seu Bartolomeu – determinou a proprietária. – Tu sabe que eu tenho horror à arma. Não precisamos de truculência para sermos ouvidas. Deixe-me falar com esse bando de papa-hóstias, elas vão ter que me escutar.

* * *

Patrocínio saiu pela porta do bordel vestindo apenas um robe. A adrenalina era tamanha que ela nem percebeu. À sua frente, estava Dona Alzira Batalha, liderando a turba de mulheres raivosas.

Assim que a viu, a multidão começou a rezar uma ave-maria. A cafetina, que sempre abominou o catolicismo, não conseguiu se conter e caiu na gargalhada, provocando a ira das manifestantes.

– Sacrílega! Como se atreve a macular a palavra de Deus? Estamos em oração pelas almas das que não têm fé, pedindo ao Pai que as perdoem, pois não sabem o que fazem – manifestou Alzira Batalha.

– Não precisamos de suas rezas, nunca fizemos mal a uma mosca. Por que isso agora? – questionou Patrocínio.

– Porque sabemos de seu conluio com o prefeito. Estamos aqui, reunidas, para impedir que transformem a nossa amada cidade em Sodoma e Gomorra. Queremos você e suas rameiras bem longe daqui – enfatizou a líder.

As outras beatas reagiram à fala de Alzira com aplausos. A cafetina nada temia, pois sabia que, em um mundo dominado por homens, pouco importava o que desejavam as mulheres. A multidão era barulhenta, contudo, inofensiva.

– Como são patéticas as senhoras de nossa sociedade! – a proxeneta ironizou. – Passam tantas horas fuxicando sobre a vida alheia que mal sobra tempo para olharem para as próprias vidas.

– Cale a boca, sua marafona! Somos mulheres decentes, tementes a Deus, virtuosas e benevolentes. Bem diferentes de você, que não passa de uma ordinária – esbravejou Dona Palmira.

Palmira Rêgo era a mulher mais velha a participar do protesto, passava dos oitenta anos e mal dava conta de ficar em pé sem o apoio de sua bengala. Casada com o senhor Amim, levava uma vida modesta, especialmente depois que ele perdeu grande parte de seu capital em jogos de azar. Virtude e benevolência, ironicamente, eram palavras estranhas aos cônjuges, posto que ainda relutavam em aceitar o fim da escravidão, vivendo como se estivessem presos ao século XIX.

– Se não saírem por bem, seremos obrigadas a colocar abaixo esse antro de libertinagem. Estamos lhe oferecendo uma saída honrosa – desafiou Alzira.

– Faça isso, Dona Alzira! Destrua meu bordel, expulse a mim e as minhas meninas, e não darei uma semana até o seu marido te largar de uma vez por todas! Afinal de contas, um homem apaixonado é capaz de fazer loucuras, não é mesmo? – Patrocínio atiçou.

– O que está insinuando? – indagou Batalha.

– Ora, não ficou claro? Pensei que fosse mais astuta – continuou a instigá-la. – Pergunte a ele sobre uma certa Tcheca, a quem prometeu casa, comida e roupa lavada.

– Vagabunda! – gritou.

E assim, Alzira Batalha, exemplo de mãe e esposa, perdeu completamente as estribeiras, desferindo um tapa na cara da dona do bordel. Se não fosse por Adélia Itacolomy, que a segurou com força e empenho, a beata não teria parado no primeiro golpe.

Patrocínio, irada, revidou a bofetada com um empurrão forte na líder das manifestantes, que acabou se desequilibrando e caindo no chão.

– Que falta de compostura, Dona Alzira! – a cafetina caçoou. – Jamais poderia imaginar que a senhora fosse uma autêntica chave de cadeia.

A mulher de Armando Batalha estava em estado de choque. Não pensava que o marido fosse um santo, mas a ideia de dividi-lo com uma concubina era inconcebível.

– Basta! Vocês vão embora e vai ser agora, sua maldita – decretou Adélia, após ajudar Alzira a se levantar.

– Coitadinho do Doutor Otto, ficará desolado sem a diversão que tanto preza! Nunca se perguntou como ele faz para suportar o bafo de bode da senhora? – a proxeneta provocou.

– Baixa! – respondeu indignada a mulher do médico.

– Não vamos cair nas provocações dessa herege – disse Ruth Moreno para a multidão. – Não temos mais tempo a perder, precisamos extirpar a degradação moral causada por essa corja de transgressoras desalmadas.

Ruth, a manca, era a dona do armazém da cidade, herança do seu falecido marido. Estava acompanhada de sua filha, Bila, Miss Itupirá 1948 e noiva de Tavinho, neto de Percival Rolla.

– Presumo que, sem as raparigas para apagar o fogaréu do seu genro, ele não terá outra escolha a não ser tentar avançar o sinal com sua filha – retrucou Patrocínio.

– A senhora não me conhece, sou uma moça pudica e bem-criada – Bila se defendeu. – Não me meça pela sua régua.

– Balela! Também já tive vinte anos. Não preciso conhecê-la a fundo para saber como pensa – argumentou. – Todas dizem isso antes de se entregar. A carne é fraca, minha querida.

A fala de Patrocínio foi seguida por vaias e gritos. O motim estava mais ruidoso. E ainda mais furioso.

– O que as senhoras fingem não saber, talvez por ignorância ou por pura hipocrisia, é que nós, as raparigas, somos as responsáveis pela preservação dos matrimônios desta cidade – a cafetina continuou.

– Vocês não nos intimidam! Deus está do nosso lado e, portanto, não recuaremos – esbravejou a manca.

– Não temos mais nada a tratar com essa messalina. Nós não temos medo de vocês. Para as pecadoras, impuras, imorais e licenciosas: a rua! – inflamava Palmira os já acalorados ânimos das presentes.

– Rua! Rua! Rua! – repetiam todas em coro.

– Ao dizer que não nos temem, se esquecem de que é na cama que os segredos mais ocultos são revelados, e, enquanto muitas de vocês ignoram por completo a nossa existência, sabemos, em detalhes, o que tanto buscam esconder – expôs Patrocínio, elevando o tom de voz, a fim de ser ouvida por todas.

Diante da meticulosidade e da frieza da cafetina, a multidão entrou em um silêncio abissal. Discrição era um princípio inviolável para a família itupirense, que fazia de tudo para protegê-lo, mesmo que significasse não fazer nada.

Passados alguns instantes, a quietude foi, de repente, quebrada pela voz rouca e áspera de Alzira Batalha.

– Não aceitaremos bravatas.

– Eu tampouco. Portanto, se não desejam que os nomes dos infiéis, dos depravados, dos pederastas, das fanchonas e dos calhordas sejam revelados, sugiro encerrarmos essa discussão agora – advertiu, pela última vez, a dona do bordel.

A fala de Patrocínio surtiu efeito imediato, a maior parte do grupo começou a abaixar as placas e a se dispersar lentamente, completamente apavoradas pela ideia de que seus segredos pudessem ser expostos. Saíram em silêncio, com receio de chamar a atenção da cafetina.

Restaram apenas Palmira, Adélia e Alzira. A cafetina não precisou empregar a força para se impor, apenas escolheu as palavras certas, mais potentes e destrutivas do que um tiro de fuzil.

– Os homens nos querem. As mulheres nos requerem – finalizou Patrocínio. – Espero que tenham um ótimo dia, senhoras!

A cafetina virou as costas e entrou para dentro do sobrado. Ficaram as três, com caras de tacho, sem saber o que fazer.

– Fomos vencidas por essa lambisgoia? – perguntou Palmira, inconformada.

– Não! Fomos derrotadas pela lascívia dos homens – refletiu Alzira, melancólica.

* * *

Horas após lidar com as mulheres de Itupirá, Patrocínio foi se encontrar com Heronildes. O assessor lhe garantiu que, apesar do vazamento em relação às tratativas com o prefeito, o acordo ainda estava de pé.

– Nezinho é um tonto, mas tem palavra – disse ele.

Dias depois, ficou sabendo que o Vereador Batalha lhe preparava uma moção de repúdio. A cafetina preferiu não agir, qualquer movimento errático poderia exacerbar a já complicada relação dos dois. E, assim, ela veria suas chances de ficar com o velho hospital evaporarem pelos ares. A manobra era uma clara represália às ameaças que proferira contra o político noites atrás.

HERONILDES, o GATUNO

Depois de 12 de dezembro de 1944, a vida de Heronildes nunca mais foi a mesma. Naquela terça-feira gelada do inverno italiano, o assessor era apenas um jovem pracinha, lutando ao lado das tropas brasileiras, na tentativa de tomar Monte Castello. As memórias daquela data eram confusas e por vezes imprecisas, todavia se recordava de ter passado horas desacordado, enterrado na neve fofa, após ter sido alvejado por tiros, vindos da artilharia alemã. Depois de resgatado, passou meses inconsciente, até que despertou em uma cama de hospital, numa cidadezinha da Itália.

Medo? Já não tinha mais nenhum. A experiência de quase morte transformou sua maneira de se relacionar com o mundo. Não acreditava no acaso, sua sobrevivência não era um mero capricho do destino, pois sua missão ainda não havia terminado. Buscou explicação no espiritismo, passando pelo kardecismo e pela Umbanda, entretanto não obteve as respostas por que tanto ansiava. Hamlet sempre esteve certo: há mesmo coisas entre o céu e a terra que não somos capazes de compreender.

Chegar em casa, em Itupirá, depois de enfrentar os horrores de um conflito sangrento, fez com que experimentasse a sensação de um renascimento. Nos braços de sua amada mãe, chorou como uma criança, inconformado com a efemeridade da vida. O tempo era curto e havia muito a ser feito. Dentre outras coisas, estava na hora de construir uma família.

Casou-se com Isolda, sua namorada de infância. Não tiveram uma paixão arrebatadora, porém se respeitavam. E foram aprendendo a se gostar. Ainda assim, arranca-rabos eram comuns na vida conjugal, visto que ambos tinham opiniões fortes e conflitantes, das quais não estavam dispostos a abrir mão. Da união nasceu Alessio, uma singela homenagem ao médico que cuidou do pai, e um segundo filho estava a caminho.

Paixão só teve por Lourdinha. Um amor ingênuo, que nasceu na alcova e por lá ficou, guardado em segredo. A moça era meretriz, e ele estava noivo, o que tornava o romance condenado. Sem coragem para seguir em frente, agiu como um covarde, partindo para a arrasada Europa sem sequer se despedir da amada.

Começou a trabalhar para Nezinho quando o prefeito era apenas um construtor e nunca mais se desgrudaram. Foram, com o tempo, construindo uma relação de pai e filho, estabelecendo um elo de confiança aparentemente inquebrável. Entretanto, o espírito de larápio do assessor poderia colocar tudo a perder. Era um lado de que pouco se orgulhava, mas que estava há muito tempo adormecido. Restava saber até quando.

1

Ingratidão

A morada de Heronildes ficava a duas quadras da praça principal da cidade. Era uma construção simples, de apenas um pavimento, mas bastante charmosa e aconchegante. A "casa rosinha", como era conhecida pelo povo de Itupirá, em virtude da cor escolhida por Dona Isolda, foi erguida pelo assessor a duras penas e só ficou pronta quando já estavam casados havia quase um ano.

O jardim era uma atração à parte na residência. Extremamente bem cuidado pela esposa, que destinava horas do seu tempo zelando pelas plantas, era onde costumavam tomar o café da manhã todos os dias. Não foi diferente naquela alvorada de sexta-feira.

– Me passe a manteiga, por favor – pediu Isolda ao marido.

– Pensei que estivesse de regime – provocou Heronildes.

– Estou grávida, Nildes – respondeu o óbvio. – Tenho que comer por dois...

Isolda já passava do sétimo mês de gestação. A mulher do assessor, que sempre foi muito bela, estava ainda mais bonita ostentando sua enorme barriga. Vaidosa confessa, tinha uma queda por frivolidades, razão pela qual pouco se interessava pelos dilemas morais de seu marido.

– Você tem mesmo que ir a Montes Claros hoje? Por que não pede outra pessoa para ir em seu lugar? – perguntou ela.

– Eu apenas cumpro ordens, e sabe muito bem que não cabe a mim questioná-las. Pediram a mim, não seria certo delegar a função.

– Não me parece aceitável que um funcionário da prefeitura destine o seu tempo valioso para atender às demandas pessoais do senhor prefeito e da dona primeira-dama – disse ela, irritada. – Francamente, custo a acreditar que não há ninguém disponível para buscar essas benditas compotas de goiaba.

– Isolda, minha relação com Nezinho vai muito além do trabalho, somos quase uma família. Não é à toa que o escolhi como padrinho de Alessio.

– Contra a minha vontade, diga-se de passagem. Para mim você não precisa mentir, sei que estava de olho na herança do velho quando tomou essa decisão.

– Já ouviu falar em gratidão?

– Ao homem que te paga mal e o faz trabalhar como um escravo?

– Isso não é verdade, nesta casa não falta nada...

– Falta tudo! – retrucou. – Faz tempo que não posso me dar ao luxo de comprar um vestido, ir a um restaurante ou ao cinema. Vivemos com o dinheiro contado, como em tempos de guerra.

– O que quer que eu faça? – vociferou.

– Quero que você volte a ser o jovem ambicioso por quem me apaixonei. Não pretendo passar a minha vida toda nesta cidade mequetrefe.

– Essa conversa acabou com meu apetite – disse o assessor, instantes antes de se levantar da mesa abruptamente.

A discussão acordou Alessio. O menino de dois anos de idade, que estava deitado em uma toalha, em cima do gramado, chorava copiosamente, assustado. Para a mãe, era apenas mais um desentendimento em meio a outros tantos.

2

Pretérito, presente e futuro

A viagem para Montes Claros demorava cerca de duas horas, mas o tempo passava voando para Heronildes. O assessor gostava de dirigir a sua baratinha pelas estradas estreitas e idílicas do norte do estado, deleitando-se com as belas paisagens que o trajeto oferecia. Naquela sexta ensolarada, abriu a capota do carro para sentir o vento bater em seu rosto. Os minutos de calmaria eram poucos e, por isso, preciosos.

Retornou a Itupirá no fim da tarde e seguiu direto para a residência do prefeito, onde Dona Brígida aguardava a entrega das compotas. Os doces haviam sido encomendados pela primeira-dama, que tinha verdadeira adoração por goiaba.

– Muito obrigada, meu caro! Não sei o que seria de nós sem você – agradeceu a esposa de Nezinho. – Leve uma para Isolda e Alessinho, para adoçar o fim de semana. São as melhores da região, não há mão como a de Dona Bacurinha.

Não teve como recusar o presente, mesmo sabendo que sua mulher tinha aversão a esse tipo de sobremesa. Apressou-se para casa, pois queria chegar antes que escurecesse. Entrou contente e se defrontou com um fantasma do passado, sentado na sala, bem ao lado de Isolda. Era Lourdinha.

– Nildes, essa senhora está a sua espera – disse Isolda.

O assessor tentou não esboçar surpresa, agindo como se nunca tivesse estado com Maria de Lourdes antes. O tempo parecia não ter passado para a amada, que, por baixo da *toilette* de mulher madura, ainda conservava o jeito de menina que tanto o encantou.

– Como vai? – ele se dirigiu à visita. – O que posso fazer pela senhora?

– Eu vou bem e pressuponho que o senhor também – respondeu. – Em primeiro lugar, peço perdão pela visita repentina, sei que não é o que mandam as boas maneiras.

– Não há o que se desculpar – respondeu a esposa. – A sua visita é bem-vinda e certamente justificável.

– Obrigada. De fato, se trata de um assunto da mais absoluta premência. Preciso conversar em particular com o senhor Heronildes, o conteúdo é de interesse dele.

– Está bem, vou deixá-los a sós e aproveitar para dar uma olhada em Alessio e Mundinho. Com licença.

Isolda se levantou do sofá, lançou ao marido um olhar fulminante e os deixou. Enganá-la nunca foi tarefa fácil, posto que o conhecia desde muito novo, sabendo o que cada cacoete em seu corpo significava. Aos olhos dela, nada passava despercebido. E agora não parecia ser diferente.

– O que você está fazendo aqui? Quem é Mundinho? – indagou.

– Mundinho é o seu filho – respondeu curta e grossa. – Isso é jeito de me receber?

– Se veio me aplicar um golpe, lamento desapontá-la, mas estou liso.

– Você sabe que não sou uma estelionatária! É natural pegar barriga depois do tanto que fornicamos.

– Pois me conte essa história direito.

– É longa, nem sei por onde começar.

– Pelo começo, é claro.

Lourdinha não poupou detalhes ao revelar sua versão dos fatos. Descreveu a dor de ter sido abandonada pelo amante, os passos que a levaram a se casar com o Coronel e os dias de trevas que viveu ao lado do marido atroz, principalmente depois que a paternidade do menino foi posta à prova.

– Eu sinto muito que isso tenha te acontecido – disse, deveras sensibilizado pelo que acabara de ouvir.

Na desditosa mulher, faltavam lágrimas para tanto pranto. Diante do homem que amava, desabou, revelando-se frágil e carente. Tudo o que queria era cair nos braços dele, sentir o seu toque, se entregar, como tantas vezes fez.

– Me ajude, por favor. Fomos deixados ao deus-dará – clamou.

Heronildes começou a sentir seu coração bater mais forte, de um jeito que pensou nunca mais vivenciar. Não queria e não podia abandoná-la outra vez. Tinha em mãos a redenção que tanto almejou, a oportunidade de corrigir um erro do passado.

– Meus recursos são escassos, mas eu darei um jeito de te amparar. Como posso ter certeza de que o menino é mesmo filho meu?

– Basta vê-lo, o moleque é a sua cara! Se, ainda assim, não se der por satisfeito, podemos fazer um cruzamento dos tipos sanguíneos.

– Está bem. Vou lhe conceder o benefício da dúvida, pelo menos por ora. Antes de tudo, precisamos encontrar um lugar seguro para vocês.

– Seria um alívio!

– Eu conto com a sua discrição. Ninguém pode ficar sabendo, principalmente Isolda. Pegue o menino, pois precisamos ir o quanto antes.

Lourdinha correu para buscar Mundinho. No quarto bagunçado, entre piões, bolas de gude e carrinhos de madeira, o menino brincava junto de seu irmão mais novo, Alessio, sob a supervisão atenta da dona da casa. Os dois pareciam se dar muito bem, como se já se conhecessem há tempos.

– Filho, temos que ir. Se despeça de seu novo amigo e de dona Isolda – ordenou ao menino, que prontamente acatou.

– Mas já? Pensei que fossem ficar para o jantar. Espero que, pelo menos, tenha resolvido seu problema – disse a mulher do assessor.

– Felizmente não há mais problema. – Lourdinha sorriu. – Adeus, senhora!

Saiu em disparada, puxando o menino pelo braço, temendo ter que dar mais explicações. O automóvel de Heronildes estava parado na frente do portão da casa, com o motor ligado, já à espera dos dois.

– Meu filho! – murmurou o assessor quando viu Mundinho.

Ela não havia exagerado quando disse que o garoto era a cara de Heronildes. Os olhos, a boca, os trejeitos e até os cabelos, negros como petróleo, eram exatamente os mesmos do suposto pai.

3

Do limão, uma limonada

Heronildes hospedou Lourdinha e o menino em um hotel, em Curvelo. A cidade, que ficava a cerca de uma hora e meia de Itupirá, era bem mais desenvolvida e populosa que a vizinha. Lá, mãe e filho não despertariam a atenção de estranhos e estariam protegidos dos habituais fuxicos, tão comuns nas cidades pequenas.

– Fiquem aqui, evitem conversas na cidade e saiam o mínimo possível – ele orientou.

– Por quanto tempo ficaremos enclausurados? – questionou Maria de Lourdes.

– Até quando eu julgar necessário e seguro!

Já passava das dez horas da noite quando o assessor deixou o hotel. Ao longo de todo caminho, quebrou a cabeça em busca de uma desculpa que fosse crível para Dona Isolda, todavia sua mente parecia sofrer com um bloqueio terrível. Provável consequência do cansaço extremo de um dia que parecia durar bem mais que 24 horas.

Sentiu um pouco de alívio quando chegou em casa e constatou que as luzes estavam todas apagadas, um indicativo de que a esposa já deveria estar nos braços de Morfeu. Quem sabe, após uma noite de descanso, conseguiria pensar com calma em um bom pretexto para a visita de Lourdinha? A pergunta ficou sem resposta. Bastou colocar os pés dentro da sala para dar de cara com a mulher, sentada no sofá, em meio ao breu, pronta para interrogá-lo.

– Isolda! – disse, pasmo. – O que faz acordada até essa hora?

– Quem faz as perguntas aqui sou eu. Para onde foi que você levou a rapariga e a criança?

– Para um hotel. Isso importa?

– Mas é claro que sim! Pode me achar fútil, por vezes cabeça de vento, mas não sou tonta. Eu estava o tempo todo atrás da porta, ouvindo tintim por tintim do que falavam.

– Eu sinto muito, não queria que você soubesse dessa forma. De todo modo, gostaria de frisar que meu envolvimento com Lourdinha aconteceu antes do nosso casamento e que...

– Os detalhes não me interessam, Nildes – ela o cortou. – Só quero que se livre dela e do menino.

– Não posso fazer isso com meu filho!

As palavras de Heronildes provocaram a ira de Isolda. A mulher pegou um vaso de planta e arremessou contra o marido, que, por um lance de sorte, conseguiu se desviar.

– O filho da puta pode ser de qualquer um! – vociferou a esposa.

– Nós somos iguais – argumentou. – Cara de um, focinho de outro.

– Você foi manipulado pela rampeira, que o induziu a pensar assim. Se comporta como um pascácio que crê em tudo que vê.

– Se acalme, dessa maneira nunca encontraremos uma saída.

– Está enganado, sei exatamente o que fazer: dará uma boa quantia a ela, para que recomecem a vida em outro lugar, de preferência bem longe daqui.

– Como? Meu dinheiro está contado, não posso me desfazer de uma parte de meu capital investido.

A esposa, em meio a tanta raiva, finalmente abriu um sorriso. A conversa estava tomando o rumo que ambicionava há tempos. O momento certo para fazer do limão uma limonada.

– É simples: você tem a chave do cofre nas mãos – insinuou.

– Como assim?

– Não banque o sonso, sabe que estou falando da prefeitura.

– Esqueça essa ideia estapafúrdia! Além de ser muito arriscado, jurei lealdade ao prefeito, meu tão estimado benfeitor.

– É uma lástima que pense assim. Sem essa barregã a léguas de distância, nosso casamento não tem como prosperar. Me sinto obrigada a partir com Alessinho para a fazenda de meu pai, o mais rápido possível.

– Eu te imploro. – Ele se ajoelhou diante da mulher. – Reconsidere! Não seria prudente viajar com o estágio avançado em que se encontra a sua gestação.

– A decisão é sua. Honre as calças que veste, de outro modo, essa pode ser a última vez que nos verá. Não preciso lembrá-lo da truculência que meu pai costuma empregar no trato com desonradores de família.

Heronildes sempre teve medo do sogro. Seu Zebu fez fama e fortuna combatendo o cangaço para fazendeiros ricos do sertão, valendo-se de métodos pouco ortodoxos, que atemorizavam até mesmo o bando de Lampião. Ainda que não estivesse mais na ativa há um bom tempo, desagradar o facínora não fazia parte dos planos de ninguém, muito menos do assessor.

Seguir o plano de Isolda lhe parecia o mais sensato a se fazer. Era a única forma de preservar seu casamento e a melhor maneira de proteger Lourdinha e Mundinho da tirania de pai e filha.

– Está bem, você venceu – admitiu contrariado. – Resta saber como farei para desviar essa bufunfa toda sem que Nezinho perceba...

– Alegue que é uma doação para o partido, para o presidente, para a igreja ou para o raio que o parta. O energúmeno adora se fazer de defensor da pátria, de homem casto e desprendido de interesses.

E, como num passe de mágica, Heronildes finalmente encontrou a solução para o problema. Estava escondida nas palavras intempestivas da mulher, sem que ela sequer atinasse para isso. Assim, em questão de segundos, tudo estava evidente na cabeça do braço direito do prefeito.

– É isso! – Respirou aliviado. – Você é um gênio, meu docinho de pequi!

Saiu apressado, não sem antes roubar um beijo da mulher. Preferiu não dizer para onde iria, revelando apenas a existência de um plano. Era tudo que ela queria e precisava ouvir.

* * *

Isolda já estava adormecida quando Heronildes entrou pela porta do quarto do casal. Já era madrugada e, por isso, tentou não fazer barulho. Ele se deitou ao lado dela, mas estava estafado demais para pegar no sono. Passou a noite em claro, vendo aquele dia interminável finalmente findar.

Nas primeiras horas da manhã, decidiu contar tudo à mulher. Sobre o acordo com Patrocínio e a armadilha que preparavam para o prefeito.

– É um plano audacioso – disse ela. – À altura do Nildes que eu conheci e por quem me apaixonei.

Decidiram fazer um brinde com limonada, feita especialmente para o desjejum. Alessio se divertia com a cena. Ainda que pequeno, sabia que harmonia era um artigo de luxo naquele lar.

4

Pequenos delitos

Aos 8 anos de idade, Heronildes cometeu a sua primeira contravenção: roubou uma bala no armazém de Ruth, a manca. Depois daquele episódio, as transgressões foram se tornando mais ambiciosas. Certa vez, furtou uma caixa de bombons, para dar de presente para Isolda. Até que, de um dia para o outro, começou a pegar dinheiro escondido do caixa. A pobre viúva nunca desconfiou que estava sendo lesada, mérito dele, que agia com a astúcia inerente ao bom gatuno.

Com a chegada da maturidade, resolveu abandonar a vida de larápio, não por remorso, sentimento que nunca conheceu, e sim por medo de ser descoberto. O golpe que arquitetara para o prefeito fazia com que revivesse a adrenalina que tanto o incitou a praticar pequenos delitos na juventude. E, assim, o receio dava lugar à nostalgia.

Já era quase noite de terça-feira quando o assessor chegou em casa com uma maleta repleta de dinheiro. O dia havia sido turbulento, horas antes precisou lidar com a fúria das mulheres da sociedade itupirense, inconformadas com as tratativas entre o prefeito e a cafetina. Pensou que a armação poderia ter ido por água abaixo, entretanto, não muito depois, ficou sabendo que Patrocínio calara a multidão. Sem dúvida, um grande alento para os cúmplices.

— Quanto tem aí? – perguntou Isolda.

— 80 mil cruzeiros! – respondeu. — O prefeito confiou a mim o zelo de cada nota contida nesta maleta.

— Não há profissional mais gabaritado para essa missão – ironizou. – Finalmente um acerto do prefeito Nezinho!

Decidiram, por precaução, esconder vintém por vintém em um fundo falso do guarda-roupa do casal. Sabiam que a cidade não oferecia perigo, uma vez que toda a criminalidade estava restrita a meia dúzia de ladrões de galinha. Resultado do regime de tolerância zero, implementado a ferro e fogo pelo Delegado Jacinto Amargo Pinto, um ex-membro da Delegacia Especial de Segurança Política e Social, comandada por Filinto Müller.

* * *

Na quinta, Dona Brígida pediu a Heronildes que fosse a Curvelo comprar novas taças de champanhe. Àquela altura dos acontecimentos, o golpe parecia transcorrer dentro do esperado, visto que as adversidades haviam sido superadas. Entretanto, o assessor constatou o sumiço de 10 mil cruzeiros do guarda-roupa do casal, o que imediatamente o deixou em estado de alerta.

Desconfiava de Isolda, pois era a única que sabia onde o dinheiro estava escondido. Se fosse um ladrão qualquer, certamente teria roubado todo o montante, não apenas uma parte. Tinha pressa, porém não poderia sair de casa sem antes confrontá-la.

– Foi você que roubou os 10 mil? – inquiriu.

Ela estava na cozinha, batendo um bolo de fubá, que enviaria à primeira-dama. Um agradecimento pelas conservas de goiaba, doce que dias antes jogara no lixo, sem sequer experimentar.

– É uma reparação pelos anos de vacas magras!

– Preciso que devolva imediatamente – disse irritado. – Esse dinheiro não é nosso.

– Não vai dar! Sinto muito, mas já virou pó.

– O que quer dizer com isso?

– Encomendei um belíssimo enxoval para nosso bebê e aproveitei para dar uma renovada nos nossos móveis.

– Endoideceu? Nós precisamos ser discretos, de outro modo podemos acabar levantando especulações.

– Não preciso que me dê um sermão.

– Nem eu tenho tempo para isso. O fato é que fará falta, não posso cobrir esse rombo.

– Infle os gastos – insinuou Isolda. – Eles jamais suspeitarão.

A mulher estava certa. Na compra dos itens para o evento, Heronildes começaria, então, a fazer uso de superfaturamentos. Fato que seria mantido em sigilo pelo casal.

Depois de esclarecido o desfalque, mesmo inconformado, seguiu para Curvelo. Escolheu as taças mais baratas e as reportou como as mais caras, desembolsando o valor excedente. Chegando à prefeitura, tomou conhecimento de uma armadilha que estava sendo preparada pelo vereador Batalha para prejudicar o prefeito, razão pela qual tiveram de se reunir com Percival Rolla.

5

Não me diga adeus

Na sexta à tarde, Heronildes foi se encontrar com Lourdinha, em Curvelo. Os dois se reuniram a sós, em um dos quartos do hotel em que ela estava hospedada, enquanto Mundinho dormia no aposento ao lado, na companhia de uma camareira.

– Trouxe-lhe um adiantamento – disse, ao entregar à mulher um envelope.

– Você é um homem bom, Nildes! Sua ajuda será de grande valia, um bálsamo no meio de tanta desgraça.

– Vou garantir que nada falte a você e ao menino, mas terão que desaparecer de minha vida para sempre.

– Como preferir...

– Ressalto que não se trata apenas de um pedido, é uma condição para que receba meu auxílio.

– Pelo nosso filho, sou capaz de tudo. Pagaria o preço que for, só para vê-lo crescer em um ambiente seguro e estável. Fique sossegado, não tenho a intenção de importuná-lo ainda mais.

Não era fácil para o assessor abandonar, pela segunda vez, a única mulher que amava. Pior, era simplesmente insuportável saber que nunca mais estaria com o filho, pois, desde que vira Mundinho, nem por um segundo duvidou que fosse o verdadeiro pai dele.

– Assim que tiver a quantia em mãos, te darei o restante.

E foi logo saindo, em direção à porta, quando ouviu a voz dela.

– Espera! – pediu Maria de Lourdes. – Já que esse é o nosso derradeiro encontro, não seria justo que nos amássemos pela última vez?

Era o que ele mais queria. Tê-la novamente em seus braços, beijar-lhe a boca e o corpo todo. Sonhara com esse momento desde o dia em que embarcou num navio, rumo à Itália em guerra.

– Me ama! – suplicou, enquanto descia a alça de seu vestido. – Do mesmo jeito que fazia naquela cama de bordel, como se só nós dois existíssemos nesse mundo.

Parecia impossível para Heronildes resistir ao convite da moça. E, de fato, era.

– Meu Deus, como esperei por esse momento! – confessou para a amada.

Fizeram amor por horas, com o mesmo desejo e a mesma ternura de anos atrás. O tempo passou tão depressa que a noite chegou sem que percebessem, no entanto ainda não estavam preparados para a despedida.

Esparramados na cama, permaneciam calados e reflexivos, de forma que só se ouvia a música que tocava no rádio do quarto. Foi aí que Lourdinha resolveu cantarolar junto, interrompendo o silêncio que persistia entre os dois.

"Não
Não me diga adeus
Pense nos sofrimentos meus"

– Com essa voz, você poderia ser a nova Rainha do Rádio – ele brincou.

– Nem se eu tivesse a metade do talento da Aracy de Almeida. Ela é a verdadeira merecedora dessa coroa!

– Terá de convencer as irmãs Batista a renunciarem ao reinado.

– Mais fácil o Getúlio voltar à presidência.

– Só não perca a fé – debochou. – Mas, pensando bem, a Aracy está certa.

– Em que sentido?

– A saudade é mesmo cruel quando existe amor. Por que devemos nos separar? – refletiu Heronildes.

– Que outra escolha temos? Não ficamos juntos quando podíamos, agora já é tarde! Inês é morta – ela disse, conformada.

– Há sempre uma opção intermediária, uma terceira via.

A cabeça de Heronildes fervilhava em pensamentos, dos mais racionais aos mais impulsivos. Permaneceu mudo por segundos, enquanto concatenava as ideias, até que, enfim, tomou uma decisão.

– Já está decidido! Vocês ficam aqui mesmo, em Curvelo. Vamos encontrar uma casa confortável para os dois, onde possam recomeçar a vida com tranquilidade.

– Estaremos muito perto de Itupirá, me parece pouco razoável.

– Essa é a intenção – sorriu. – Pretendo visitá-los todas as semanas.

– Não é muito arriscado? Não quero me indispor com sua mulher e, muito menos, com seu sogro.

– Será o nosso segredo. Isolda não desconfiará de nada, vira e mexe chego tarde em casa por conta do trabalho, está mais que acostumada com minha ausência cotidiana.

A proposta do assessor era indecente, um claro convite ao concubinato. Mas que valor tinham as regras morais para Lourdes? Desde sempre, ela pouco se importava com o que fazia entre quatro paredes. A essa altura dos fatos, sua única preocupação era proteger Mundinho da maldade alheia. E não é para isso que servem os segredos? Para preservar aqueles que amamos?

– Ninguém, além de nós três, pode saber desse arranjo. Só peço que jure por Deus, pela alma de seu pai e de sua mãe que nada de ruim vai nos acontecer.

– Vou defendê-los com unhas e dentes, eu juro que estarão sempre protegidos!

A família que tanto sonharam no passado estava constituída. Não da forma que idealizaram, mas, sim, da que conseguiram. Mundinho tinha um pai; e Lourdinha, um amor.

⋆ ⋆ ⋆

Assim que voltou para casa, Heronildes se surpreendeu com uma ambulância parada em sua porta. Era para Isolda, que havia sentido fortes dores abdominais e precisou ser levada às pressas para o hospital.

Ao chegarem, foram atendidos pelo Doutor Otto, que constatou que tudo não passou de um susto e que ainda não era hora de o bebê chegar. Entretanto, o médico recomendou que ela passasse a noite por lá, em repouso, como prevenção.

Atropelado pelos eventos daquele dia, o assessor cometeu um erro fatal: se esqueceu de enviar um novo falso telegrama, passando-se pela equipe do presidente, para cancelar a suposta visita. Sem o controle da narrativa, sabia que ficaria visado, o que de fato aconteceu.

BENÉ, o ÓRFÃO

Benedito Francisco, o Bené, não conheceu o amor de mãe. Esse sentimento tão poderoso e, ao mesmo tempo, primitivo, lhe foi negado assim que saiu do ventre de sua progenitora.

O nome dela era Salomé, moça bela e atrevida, tal qual a personagem bíblica. Conheceu o pai de Bené em Araxá, onde costumava se apresentar como atriz, em um pequeno teatro.

A maternidade nunca esteve em seus planos, pois aos palcos destinava toda a paixão e a dedicação. Por isso, quando ficou sabendo da gravidez, teve como primeiro ímpeto o preparo de uma xícara de chá de arruda, erva muito utilizada para fins abortivos. Contudo, foi acometida por enorme compunção, que acabou impedindo-a de ir até o fim.

Revelou a gestação ao pai do bebê, e, juntos, decidiram começar uma nova vida em outro lugar. Passaram por Patos de Minas, Paracatu e Pirapora, mas acabaram se fixando em Itupirá, cidade em que Bené nasceu. Embora bastante instável, foi um período de relativa calmaria para a artista, que pôde desfrutar de momentos felizes ao lado do companheiro.

No entanto, tudo mudou depois que deu à luz. Os dias se tornaram cinzas e a felicidade de outrora parecia fenecer lentamente. Foi tomada por melancolia, desesperança e desamor. Uma dor no peito terrível, que parecia matá-la aos poucos. Pelo menino sentia apenas repulsa, sentimento imperdoável. Até que um dia, sem forças para continuar desempenhando esse papel de mãe e esposa, partiu para sempre, em busca de um personagem que preenchesse o seu vazio. Nunca mais tiveram notícias dela.

Seu Raymundo, pai de Benedito, foi quem o criou. Era um homem bom, que fez o possível e o impossível pelo pequeno. Entretanto, acabou sucumbindo ao vício pelo álcool.

Mas se engana quem pensa que os caminhos de Nezinho e Bené só se cruzaram naquela semana em que ocorreria a fatídica visita de Dutra. O prefeito poderia não se lembrar, porém o menino nunca se esquecera do dia em que se esbarraram pela primeira vez. Foi um desses encontros capazes de alterar para sempre o curso da vida de uma pessoa.

1

Usucapião

Itupirá, 4 anos antes da semana que antecede a falsa visita do presidente Dutra.

O casebre era tão antigo que nenhuma pessoa se arriscaria a dizer quem o construiu. Diziam que ficou pronto antes mesmo da fundação da cidade, quando ninguém, em Itupirá, sonhava em nascer. Ainda assim, era a construção mais robusta de toda região, legado de uma época em que o lar servia como fortaleza, destinado a salvaguardar várias gerações de uma mesma família.

Seu Raymundo o encontrou vazio, castigado pelo tempo que passara, habitado apenas por musgos, fungos e animais peçonhentos. Na época, Dona Salomé recusava-se a acreditar que poderia virar novamente uma casa, mas o marido precisou apenas de vinte dias para mostrar que ela estava errada.

Foi na noite de uma segunda-feira, chuvosa e fria, alguns anos depois de ter se estabelecido ali, que recebeu a visita do Delegado Jacinto Amargo Pinto pela primeira vez.

– O senhor tem cinco dias para deixar a casa – ordenou o delegado. – A área foi desapropriada para a construção da nova Capitania dos Portos.

Amargo Pinto era alto e magro, como um varapau. Era conhecido na região como defensor dos ricos e dos poderosos e perseguidor dos pobres e oprimidos.

– Posso não ser estudado, mas, nesse caso, sei que tenho direito a uma indenização do estado. Portanto, só saio depois do pagamento do que é meu por direito.

– O senhor está correto. Segundo a lei, o proprietário do imóvel deve mesmo receber uma compensação do poder público. E, digo mais, o montante já foi debitado na conta do beneficiário há mais de um mês. Trata-se de um caso raro em que a burocracia não se tornou um obstáculo para a celeridade do processo.

– Com todo respeito, doutor delegado, o senhor parece estar zombando de mim. Sabe muito bem que não vi a cor desse dinheiro.

– Ora, o senhor é que está tomando meu tempo. O verdadeiro dono é o que aparece na escritura da casa, ou seja, o prefeito Percival Rolla. Achou mesmo que, como invasor, teria alguma garantia, rapaz?

O delegado tinha prazer em tripudiar sobre o pai de Bené, que não sabia o que fazer para evitar o inevitável. No Brasil de Getúlio, o pai dos pobres, pobreza era crime federal.

– Ah, uma última coisa: o não cumprimento da ordem acarretará prisão – finalizou com um sorriso no rosto. – Até mais!

Passaram-se os dias, e Raymundo nada disse ao filho. Quando tudo aconteceu, Benedito era apenas um menino de sete anos e, ainda que já tivesse passado por momentos duros, não estaria preparado para lidar com o risco do despejo. No entanto, a omissão dos fatos revelou-se uma péssima escolha, visto que a realidade se impôs à criança da maneira mais cruel possível.

Tudo aconteceu no dia 7 de Setembro, feriado da independência. Naquela quinta-feira de celebrações, Bené e Raymundo saíram cedo para acompanhar o tradicional desfile dos militares da cidade. A guerra na Europa fez com que a esvaziada parada ganhasse um novo significado, emocionando todos os presentes.

Após o evento, decidiram voltar para casa. Mas ela já não existia mais. Um enorme trator terminava de derrubar as últimas paredes do que foi, durante anos, o lar de pai e filho.

– Pare já com isso! O senhor está cometendo um crime, o prazo que me foi dado ainda não terminou – gritava desesperadamente Raymundo. – Chame o Delegado, ele confirmará que digo a verdade.

No volante da máquina, estava Nelson Pacífico, o Nezinho. Benedito assistiu ao então construtor ignorar os inúmeros apelos de seu pai, cena que ficou para sempre em sua memória. Quando o delegado chegou, tudo já estava no chão. A Raymundo só restaram o choro e a dor; e, ao menino, o choque e o aterramento. Mas o homem ainda teve forças para protestar:

– O senhor havia me dado mais tempo para procurar um lugar. Por que nos pegaram desprevenidos?

– Já contaram com a benevolência do verdadeiro proprietário do imóvel, que permitiu que ficassem durante tantos anos. O que mais querem? – respondeu Jacinto Amargo Pinto.

– Já ouviu falar em usucapião, seu delegado? Além do mais, não nasci ontem. Está na cara que o prefeito Percival Rolla adquiriu o casebre recentemente, tão somente por conta da indenização. Vai saber se o trambiqueiro não fraudou a papelada...

– As insinuações que faz são muito graves! Se continuar a cruzar essa linha, serei obrigado a levá-lo comigo, entendeu bem?

Seu Raymundo logo percebeu que, quanto mais questionava o delegado, mais se complicava. Então, decidiu entregar os pontos. Pegou o menino e partiu sem rumo.

2

O começo da guerra santa

Após o despejo, Bené e Raymundo viveram como nômades, perambulando pelas cidades da região, conforme o pai encontrava trabalho. Ao longo do tempo, que insistia em passar sem demora, o menino se viu forçado a conviver com a ambição humana em seu estado mais animalesco.

E como crescera? O pobre órfão mal havia completado onze anos, mas já tinha a estatura de um homem feito. Tentava, a todo custo, deixar de lado a infância e tornar-se adulto. No entanto, em sua jornada, descobriu que a alma, assim como um fruto, jamais amadurece da noite para o dia.

Em alguns momentos se permitia ser criança, brincar por horas sem se preocupar com o amanhã. Foi em uma dessas ocasiões que viu Nezinho entrar no bordel de Patrocínio. O político usava um disfarce de palhaço, mas a visão de Benedito era precisa, razão pela qual ele imediatamente o reconheceu. Ficou embaixo de uma janela, ouvindo tudo o que prefeito e cafetina confabulavam.

Não era tolo, sabia que poderia ganhar uma bufunfa com a informação que havia descoberto. Era como se Deus tivesse ouvido suas preces e finalmente lhe dado uma chance, após anos de abandono. Sendo assim, saiu correndo disposto a vendê-la para o primeiro inimigo político do governo municipal. Foi então que passou pela igreja e se lembrou de Alzira Batalha, a carola-mor e esposa do vereador Armando.

Quando entrou na capela de Nossa Senhora das Dores, Padre Aldo ainda celebrava a missa das seis. O garoto se sentou em um dos bancos da frente, ao lado de Palmira Rêgo, que tinha um cheiro forte de colônia estragada. A velha parecia desaprovar a presença dele, pois não parava de lhe lançar olhares furiosos. Em outro banco, do lado oposto, estava Dona Alzira, com seu enorme véu rendado e preto.

Assim que a liturgia acabou, foi até Batalha discretamente.

– Dona, sei de algo grave que o prefeito Nezinho e a cafetina estão tramando. Acho que a senhora vai gostar de saber – disse ele. – Tem interesse em me escutar?

Ela puxou-o pela orelha, arrastando-o até a sacristia, onde Padre Aldo guardava as alfaias litúrgicas. O pároco levou um susto quando os dois entraram e imediatamente foi tentar separá-los.

– Dona Alzira, não preciso lembrá-la de que estamos na casa de Deus. Mais respeito, por favor. Agora solte o menino! – falou o vigário.

Ela imediatamente obedeceu. Não porque ele pedira, mas, sim, por consideração à Santa Igreja.

– Ande logo, moleque! Me conte tudo que sabe.

– O que é que está se passando aqui? – perguntou, perdido, Padre Aldo.

– Tudo tem um preço, dona. De graça não ouvirá nada de minha boca...

– Seu delinquentezinho de araque. Não confio em você e não pretendo lhe dar um cheque em branco.

– Fique sabendo que, se não fechar comigo, perderá a oportunidade de implodir de vez com a carreira política de Nezinho.

– Não vão mesmo me dizer o propósito dessa balbúrdia? – insistiu o padre. – Não posso permitir que transformem a morada do Senhor em um mercado mundano.

Os dois desprezavam a presença do clérigo, que se esforçava para entender o motivo da discussão. Ele e Dona Alzira nunca se suportaram e viviam em uma constante guerra fria, agravada ainda mais pela fama de comunista do sacerdote.

– E se eu te pagasse com bolas de gude? Ou quem sabe em doces? Todo mundo adora meu cajuzinho, é de lamber os beiços – propôs.

– Negativo. Eu preciso é de dinheiro. Cinco mil cruzeiros, para ser exato. Mas vejo que não está disposta a pagar, o que é uma pena... Quem sabe não tenho mais sorte com o vereador Rolla?

– Espera! Faremos assim: lhe darei um adiantamento agora e, se for realmente quente o que tem a dizer, como está insinuando, prometo que terá o montante todo.

– A senhora está me engabelando?

– Estamos em um templo sagrado, meu jovem! Como católica apostólica romana, sinto-me obrigada a dizer somente a verdade.

A beata virou-se para a imagem de Nossa Senhora das Dores, guardada após a missa, e fez o sinal da cruz. Sua proposta parecia honesta, e Bené estava seguro do potencial destrutivo de sua revelação. Portanto, contou tudo o que escutara, nos mínimos detalhes, deixando a mulher em choque.

– Padre, o senhor está vendo no que a nossa cidade está se transformando? A Igreja precisa começar uma guerra santa contra essas raparigas pecadoras, cortar logo o mal pela raiz. Se continuarmos lavando as mãos, perderemos o controle da situação – expôs Alzira.

– Eu entendo sua indignação, dona Alzira. Porém, devo salientar que já não fazemos mais guerras santas há alguns séculos – respondeu. – O meretrício existe desde que o mundo é mundo, está até mesmo no Livro Sagrado. Não é nossa função, como cristãos, perseguir ninguém.

– Com todo respeito, o senhor tem sido bastante conivente com essas liberalidades. Parece colocar suas convicções políticas acima dos deveres de servo de Deus. É preciso ter pulso firme, Padre Aldo!

– A senhora está faltando com a verdade, mas entendo que está tomada por grande emoção. Em um momento mais oportuno, voltaremos a conversar – retrucou.

– E meu dinheiro, dona? – questionou o quase esquecido Bené.

A carola pagou ao garoto uma parte do valor acertado e combinou de quitar o restante na quinta-feira. Embora desejasse comprar um caminhão de brinquedos, ele já tinha em mente o destino do dinheiro.

3

Bondade de estranhos

Quando decidiu voltar a Itupirá, depois de tanto tempo longe, Bené estava ciente de que enfrentaria tempos difíceis, entretanto não tinha escolha. Desde que chegou à cidade, dormia ao relento. O ponto preferido por ele era o enorme cais de madeira, usado para desembarcar as mercadorias que chegavam nos vapores.

Durante a noite, o local ficava deserto, o que lhe garantia uma noite de sono plena e sem distúrbios.

Na quinta-feira, Alzira Batalha cumpriu com que fora acordado e pagou-lhe o restante da quantia. Eles se encontraram, mais uma vez, na sacristia da igreja, sob os olhos atentos de Nossa Senhora das Dores. De lá, o menino foi em direção à estação da cidade e pegou o primeiro trem para o distrito de Iaraipu.

– Vim tirar meu pai daqui! – disse ele, ao pôr os pés na delegacia do lugarejo.

– A fiança por crime de vadiagem é de três mil cruzeiros. O fedelho dispõe dessa dinheirama toda? – perguntou o delegado Bundonne, após inventar o suposto valor.

Cícero Bundonne era a causa de todos os pesadelos de Benedito e o principal motivo de sua fuga para Itupirá, nove meses atrás. Não foram poucas as vezes que o agente da lei ameaçou colocar o garoto em um reformatório, principalmente após a prisão de Seu Raymundo, que acabou sendo o estopim para a partida de Bené.

– Sim, senhor delegado. Vintém por vintém – respondeu, enquanto lhe entregava um envelope contendo o montante.

– E posso saber como conseguiu?

O delegado se parecia com Oliver Hardy, o Gordo, em uma versão macabra e mais sombria. A sala dele era caótica, repleta de jornais espalhados pelas mesas, cinzas de cigarro despejadas pelos quatro cantos, xícaras sujas de café abandonadas e até mesmo uma gaiola com periquitos, ao lado da porta.

– Uma alma caridosa me ajudou. A vida toda contei com a bondade de estranhos, não foi diferente desta vez.

– Essa história não me parece verídica, mas essa delegacia tem mais com o que se preocupar. Podem soltar o meliante! – gritou Bundonne.

O pai de Bené havia sido preso há quase um ano e, durante todo esse tempo, lhe foi recusado o direito de defesa. Na verdade, todo o processo estava repleto de arbitrariedades cometidas pelas forças policiais, que pouco se atentavam ao Código Penal Brasileiro quando se tratava de um suspeito sem recursos. O crime que lhe imputaram servia apenas como mero pretexto para colocá-lo atrás das grades, uma vez que o homem costumava importunar os moradores com sua bebedeira.

– Delegado Bundonne, o preso teve uma emergência médica e precisou ser hospitalizado – disse um policial franzino, assim que passou pela porta do gabinete.

– Para onde levaram o meu pai? – perguntou Bené, em completa agonia.

O menino ficou atordoado. Seria um castigo divino? Afinal, havia feito da casa de Deus um balcão de negócios.

– Para o hospital central de Itupirá.

– Deixe-me adivinhar... problemas no fígado? – perguntou Bundonne.

– Possivelmente – respondeu o subalterno.

– O que esperar de um bebum, não é mesmo? – debochou o delegado.

O delegado Cícero Bundonne sempre incentivou seus subalternos a fornecerem cachaça aos detentos, a fim de torná-los mais dóceis. Tal medida controversa chegou a ser alvo de uma investigação, que foi misteriosamente arquivada por falta de provas.

* * *

O medo de perder o pai fez com que Benedito saísse desembestado da delegacia de Bundonne. Chegou ao hospital de Itupirá, no fim da tarde, trazendo consigo o documento oficial de soltura.

Seu Raymundo estava internado na enfermaria, perante a guarda atenta de um policial e aos cuidados do Doutor Otto Itacolomy. O médico sexagenário era um dos mais respeitados da região, conhecido por seu tratamento humanista, em que ricos e pobres recebiam a mesma atenção. Um raro exemplo de bondade em um mundo regido por patifes.

– O seu pai está bem, foi medicado e encontra-se estável, no entanto me sinto obrigado a lhe fazer um alerta: Seu Raymundo não pode colocar mais nenhuma gota de álcool na boca, caso contrário pode até morrer – disse o médico.

– Está bem, doutor! Conte comigo para mantê-lo na linha. Será que posso vê-lo?

– Agora não é o melhor momento. Recomendo que vá para casa, descanse um pouco e volte depois de amanhã, quando certamente terei novas notícias.

As palavras do médico, embora duras, ofereceram certo alívio ao menino. Não faltava muito para, enfim, desfrutarem juntos da liberdade que tanto almejavam.

4

Feliz recomeço

O sol forte e radiante da manhã de sábado era um excelente presságio para o dia que começava. Bené não havia dormido nada durante a noite, mas não se sentia cansado e muito menos sonolento, pois estava contente. Estampava na face um lindo sorriso de orelha a orelha, e nada e nem ninguém poderia tirá-lo do seu rosto.

Chegou cedo ao hospital, que se encontrava deserto, dado que a maioria dos funcionários aguardava a chegada de Dutra, na praça principal da cidade. Quando entrou pela porta da enfermaria, deu de cara com o pai, já pronto para partir. Seu Raymundo estava bem mais magro e abatido.

– Meu amado filho, não tenho palavras para agradecer o seu empenho em me tirar do xilindró, mas não mereço sua ajuda. Sei que tenho sido um estorvo, além de péssimo pai.

– Não diga isso, papai! O senhor é tudo que eu tenho nessa vida.

Os olhos de Raymundo se encheram d'água, porém ele não se permitia chorar. Crescera ouvindo que a emoção era um sinal de fraqueza.

– Durante os longos dias e as longas noites em que estive encarcerado, sonhava em poder te abraçar, meu menino!

E se abraçaram, por minutos, como se estivessem recuperando o tempo perdido. Viver sem o pai, por quase um ano, foi um martírio para o garoto, entretanto, ao mesmo tempo, fez com que descobrisse uma força interior pujante, capaz de superar qualquer obstáculo.

– O que faremos agora? – indagou Raymundo.

– Recomeçar, porque ainda temos uma vida inteira pela frente.

– Mas como, meu filho?

– Ainda tenho um pouco de dinheiro guardado, não é muito, mas o suficiente para irmos embora para bem longe.

– Como foi que você conseguiu pagar a minha fiança?

– A caridade do povo itupirense tornou isso possível – Bené mentiu.

– Pois então, vamos! – disse, empolgado.

– Só preciso que, antes, me prometa que será diferente dessa vez. Digo, sem álcool e sem malandragem.

– Eu lutarei até o fim para não cair em tentação, sei que não se desperdiça uma chance como essa. É um novo começo, não quero que a história se repita.

Os dois deixaram o hospital de mãos dadas, nem notaram a confusão e a gritaria que vinha da praça principal de Itupirá. Bené, pela primeira vez, experimentava a plenitude da satisfação. A felicidade, palavra pura e singela, direito irrefutável de toda criança, indeferido a ele desde seu nascimento.

Assim, unidos novamente e mais fortes do que nunca, partiram sem rumo, em busca de um recomeço. Os desafios que enfrentariam eram incertos, todavia já não tinham mais medo da peleja. E o sol da Liberdade, em raios fúlgidos, brilhava no céu da pátria amada naquele instante.

FIM

#tudocomeçanalivraria
#quixote+do2024
#delivro

[1ª edição 2024]

Esta obra foi composta em Bembo e impressa
em papel Chambril Avena 80g. na Artes Gráficas Formato
para a Quixote+Do Editoras Associadas.

FSC MISTO Papel FSC® C092828

2023 CARBON NEUTRAL SAVE